琼 瑶
作 品 大 合 集

水灵

琼瑶 著

作家出版社

琼瑶，本名陈喆，作家、编剧、作词人、影视制作人。原籍湖南衡阳，1938年生于四川成都，1949年随父母由大陆赴台生活。16岁时以笔名心如发表小说《云影》，25岁时出版首部长篇小说《窗外》。多年来笔耕不辍，代表作包括《烟雨蒙蒙》《几度夕阳红》《彩云飞》《海鸥飞处》《心有千千结》《一帘幽梦》《在水一方》《我是一片云》《庭院深深》等。

多部作品先后改编成为电影及电视剧，琼瑶也因此步入影视产业。《六个梦》系列、《梅花三弄》系列、《还珠格格》系列等，影响至深，成为几代读者与观众共同的记忆。

琼瑶以流畅优美的文笔，编织了众多曲折动人的故事。其作品以对于梦的憧憬和爱的执着，与大众流行文化紧密结合，风靡半个多世纪，成为华文世界中极重要的文学经典。

我为爱而生，我为爱而写
文字里度过多少春夏秋冬
文字里留下多少青春浪漫
人世间虽然没有天长地久
故事里火花燃烧爱也依舊

琼瑶

目录

1	给竹风
11	水灵
50	云霏华厦
71	风铃
112	柳树下
134	五朵玫瑰
179	心香数朵
203	后记

给竹风

夜好深,夜好沉,夜好静谧。

天边看不到月亮,也没有星星,暗黑的穹苍广漠无边,而深不可测。空中有些风,轻轻的,微微的,细细的,仅仅能让窗纱轻微地摇曳摆动。这样的夜,我独坐窗前,捧了一杯茶,烧了一点儿檀香。沉坐在椅子里,我看着那金色的香炉中袅袅娜娜升起的一缕烟雾,闻着那清香缭绕。呵,这样的夜!

这样的夜,我能做些什么呢?

桌上一灯荧然,绿色的小台灯,绿色的灯罩,我还是有那爱绿的老毛病。连我手里那盏茶杯,也是绿色的,淡青色的细瓷上有藕荷色的小玫瑰花。小玫瑰花!像家乡里那大花园中爬藤的小玫瑰花!不,那不是玫瑰,玫瑰不会爬藤,我记起你每次每次对我的更正:"这不是玫瑰,这是荼蘼,记住,这是荼蘼!"

我记不住,我总是那样认死扣,一个固执的、永不实际的小女孩,你说的。夜好深,夜好沉,夜好静谧。

我啜了一口茶,茶是淡绿色的液体,盛在淡绿色的杯子里,像一杯液体的翡翠,有一股清清雅雅的香味。室内的窗纱静静地垂着,罩着一屋子清幽幽的宁静。呵,这样的夜,我能做些什么呢?

我又记起了你,竹风。

是的,竹风,我常常记起你。当这样的夜里,当一些晓雾迷蒙的清晨,当一些暮霭苍茫的黄昏,当一些细雨霏微的长日里……我会记起你,常常地。

记忆的最底层是什么呢?

记得我还是个很小很小的小女孩吗?常在花园中和蝴蝶追逐着,哭着要自己的肩上长出蝴蝶的翅膀,要那对"亮晶晶有银粉"的翅膀。我会缠绕在母亲的脚下,固执而吵闹地追问着:"为什么你不把我生成一只蝴蝶?妈妈,为什么?"

妈妈会甩开我,瞪大了眼睛说:"呵!你这个稀奇古怪的小精灵!"

于是,你来了。你牵着我的手,把我牵到花园里那一大片金盏花的丛中,让我躺在花堆里,你用无数朵水红色的小蔷薇,穿成长长的一串,环绕在我的身上,环绕了一圈又一圈,然后,你说:"噢,你看!你是个蔷薇仙子,何必羡慕那有翅膀的蝴蝶呢?"

我在花中嬉笑,你因为我的笑而嬉笑。捉住我,把我放在你的膝上,你说:"告诉我,你为什么想变成一只蝴蝶?"

于是，我说了。那是我第一次说故事给你听，一个我杜撰的故事。我说：蝴蝶是个小仙人变的，她用玫瑰花作床，用星星作小灯，用露珠儿洗脸，用柳条儿作饰带，用银粉作衣裳……你瞪大了眼睛听，听得那样津津有味，那样惊讶和困惑，当我说完，你揽住我，用那样惊奇的声音喊着说："噢！你有个多么奇怪的小脑袋呀！"

接着的岁月里，我常常说故事给你听了。在花园里的荼蘼架下，在后山坡的松林里，在小溪边的岩石上，在月光下的花棚里，你牵着我的手，静静地说："说个故事给我听吧！"

我不住地说，那些经常在我脑子里酝酿幻化滋生的故事，关于公主王子的，关于星星月亮的，关于神灵仙女的……你不厌其烦地听，从不表示厌倦，你那关怀的眼睛曾是我故事的源泉，我为你而编造故事，一个又一个。直到我离开了家乡，结束了我的童年。

当我们再相遇的时候，我已经不再是小姑娘了，童年离我已很遥远，我长发垂肩，镜子前的人影颀长。而你呢？你的女儿已经和我当年在花园中捉蝴蝶时一般大了。在初见面的一刹那，我们相对凝视，似乎都已不再能认识彼此，然后，你说："嗨，说个故事给我听吧！"

十几年的隔阂在一瞬间溜走，成长后的陌生也顿时消失无踪，往日的亲密回来了，我还是那个爱说故事的小姑娘，你仍然是那个爱倾听的大听众。

然后，是另一段岁月的开始。

在那十二月的雨季里，冷风寒恻恻地吹拂着，细雨无边无际地飘洒着。你穿着深蓝色的雨衣，为我执着我那把有着绿色碎花的小伞，我们并肩走在那蒙蒙的细雨中。雨在伞上细碎地敲击，像一首好美好美的小诗。我的头靠着你的肩，你的手揽在我的腰上。雨雾苍苍茫茫地织成了好大的一片网，我们走在网中，走在雾中，走在那片苍茫里。你说："说个故事给我听吧！"

我说了，不再是公主王子的故事，不再是神仙和蝴蝶，我说了些成人的故事，因为我已经长成，也早就懂得了那份属于成人的忧郁。

在那六月的黄昏，燠热而炽烈的太阳已经被远处的山峰所吞噬了，残余的彩霞却大片大片地泼洒在天际。阳光虽然隐在山峰的后面，却仍然把那些彩霞照得发光发亮，成为一片又一片、一层又一层发着亮光的嫣红。我们手牵着手，沐浴在那灿烂的霞光之下，一任那落霞将我们的发上、身上染上了红光。你的眼睛在霞光下发亮，凝视着我，你静静地说："说个故事给我听吧！"

我又说了，那些在我脑中不停滋生着的故事。

秋天，秋天是为我们所热爱的。乡间有条通向山上的小径，小径边生长着无数的槭树，随着秋的脚步，槭树的叶子由绿而黄、由黄而红、由红而褐。我们喜欢在槭树夹道的小径上漫步。径上遍布着落叶，松松脆脆的，踩上去簌簌作声。

我们缓缓地走过去，一步又一步。听着脚下那落叶的低吟，看着那遍山野的红叶飞舞，我们四目相瞩，宁静的欢愉从心底油然而生。偶然，我们在路边的荆棘丛中，发现了一朵白色的、小小的雏菊。看着那稚弱的小花在那粗野的荆棘中伸展着花瓣，迎着秋风微微地颤动，那情况是颇为动人的。我叹息，为那些生命的奥秘和大自然的神奇而叹息。于是，你挽住我，轻轻地说："说个故事给我听吧！"

我说了，一个美丽的小故事，关于秋风、红叶和小雏菊的故事。

春天，春天是我们所不能遗忘的。那些灿烂一片的杜鹃花都开了，粉的，白的，红的，紫的……各种花瓣，迎着太阳光，闪耀着生命的光华。树梢那些嫩得可以滴水的小绿叶，草丛中那些叫不出名目来的小野花，以及天际那些薄薄的云，空中那些微微的风，甚至原野中那份淡淡的泥土的气息……

每一样都让我们欢欣喜悦。我们喜欢远离城市的喧嚣，到郊外的山野里去"寻寻觅觅"。寻觅些什么呢？那不为人们所注意的地方有多少令人惊奇的美！看到一粒小小的、鲜红欲滴的果实镶在一大片绿色的羊齿植物里，会引起我一连串的欢呼。看到一只有着淡蓝色、长尾巴的蜥蜴从小径上陡地蹿过去，会引起我一连串的惊叹。你走在我的身边，唇边始终带着若有若无的微笑，眼光却那样深深沉沉地追踪着我。当我的目光和你猛地相遇，你会迅速地调开目光，很快地说："噢，说个故事给我听吧！"

于是，我再度说出一个小故事，故事里有着小红果实、小野花和无数的春天。

呵！多少多少的记忆！竹风，你说的，人的一生都是由记忆堆积出来的，美丽的记忆堆积成美丽的一生，痛苦的记忆堆积成痛苦的一生。属于我们的记忆又是怎样的呢？

台灯放射着静幽幽的光线。远远地，有只鸟儿在低鸣，你听到了吗，竹风？

夜好深，夜好沉，夜好静谧。

我再啜了一口茶。茶，这是我们两人都喜爱的，不是吗？

在我那间小屋里，我们曾经静静地相对品茗，让那清清的茶叶香浮在我们之间。我也常像今夜一样，烧起一炉檀香。然后，握着茶杯，我们相对无言地看着那烟雾氤氲。那金色的，有着铜狮子的香炉是你送我的，烟雾从那狮子的嘴中不断地喷出来，正是李清照所谓的"瑞脑销金兽"。于是，你又说："说个故事给我听吧！"

我说了李清照与赵明诚的故事。他们怎样地恩爱，怎样地情投意合，怎样地以茶当酒，赌记书句，而把茶泼洒在身上。你静静地听着，你的眼睛好深好深，好亮好亮，好温柔好温柔。

还有那个月夜，记得吗，竹风？

那个月夜，你派人送了一张纸条给我，上面写着："玉人何处梦蝶？思一见冰雪，须写个帖儿叮咛说：试问道肯来吗？今夜小院无人，重楼有月！"

好一个别致的邀请，我到了你那儿，坐在你的小院子里。

院中有两棵芭蕉，月光从叶隙中筛落，筛了一地的银白。墙边栽着一排绿色开白花的草本植物，无数的流萤，在那草丛中穿梭。明明灭灭，闪闪烁烁，像一盏一盏摇曳飘浮着的小小的灯,和天际璀璨的星光遥遥相映。月亮高而皎洁,月光清幽而温柔。星星洒满了天空,疏密有致,布成一条清晰的光带。你告诉我,那条光带叫作银河,你指给我看,那一颗星星是织女,那一颗星星是牛郎。你念了一阕前人的词给我听,关于那牛郎和织女的:"云疏月淡,乌慵鹊倦,望里双星缥缈。人间夜夜共罗帏,只可惜、年华易老。经秋别恨,霎时欢会,应怯金鸡催晓。算来若不隔银河,怎见得、相逢最好。"

我抬着头,望着那银河,望着那两颗隔着银河的星星,然后,低下头来,我望着你。是月光染白了你的面颊吗?是星星坠落到你的眼睛里去了吗?为什么你的面色那样苍白,你的眼睛那样闪亮?我注视着你,不,是我们彼此注视。一些属于欢愉的、宁静的东西从我们的眼底悄悄地飞走,取而代之的,是某种战栗的、痉挛的、酸楚的情绪。我觉得自己的眼睛发热,我觉得那树叶梢上所挂着的露珠已经坠进了我的眼中,使月光下所有的景物在我眼前都变得那么朦胧。于是,你猝然地捉住我的手,用那种故作欢愉的口吻嚷着说:"噢,小姑娘,说个故事给我听吧!"

我说了。我又说了。我颤抖着起了故事的头:"从前,有一个很笨很笨的小女孩,她除了说故事,什么都不会。大家都不喜欢她,大家都认为她是个莫名其妙的小傻瓜。可是,却有一个比她更笨更傻的人,喜欢听她说故事。他们在月光下说故事,在落日下说故事,在树林里,小溪边,花园中……到处说着故事。说的人不知疲倦,听的人不知厌烦,然后……然后……然后……"

故事继续不下去了,这原是个笨拙开头。有什么硬的东西阻住了我的喉咙,我的呼吸急促而声音哽塞。你站起身来,一把揽住了我,你的双手捧住了我的面颊,你的眼睛深深地看进了我的眼底,你的声音又低又沉,带着些压抑不住的粗鲁:"我从没听过这样坏的故事!"

"是的,"我说,眼泪冲出了我的眼眶,"这是个很坏的故事,一个没有结尾的故事。但是,你不能太苛求,两个傻瓜不会制造出什么完整的故事来!"

你的眉毛紧紧地锁拢,你的眼睛闭了起来,抱住我,你把我的头紧压在你的胸前。我可以听到你的心跳,听到那沉重呼吸在你胸腔中起伏。于是,我哭了。我啜泣得像个小娃娃。这是我第一次在你面前哭,第一次对你说了个破碎的、没有完的故事。

"呵,别哭,"你轻轻地说,"人生的故事原有好多种,有多少的主角会是聪明人呢,这原是个笨人的世界呵!"

月亮仍然清亮,幽幽然地照射着那小小的花园。我知道,这笨拙的故事将永无结尾。事实上,这一夜以后,我还对你说过故事吗?好像没有了。那就是我对你说的最后的一个故事。

你离开的时候,给了我一封短笺,上面只有寥寥可数的几个字:"避免让那个故事变得更坏,我走了。但愿再相遇的时候,你会说一个最美丽最完整的故事给我听,故事中的主角应该是个最聪明最聪明的女孩。"

够了，用不着再写什么，你一向都是那样简洁。接下来的岁月里，我确实用心地想塑造一个美丽的故事，我不愿再见到你的时候，交给你的是一张白卷。只是呵，竹风，可悲的是，我仍然是那样一个很笨很笨的傻女孩。

月圆月缺，日升日沉，多少的日子从我的手底流过去了。

我仍然在说故事，说了许许多多的故事，给许许多多的人听。

只是呵，竹风，当这样的深夜里，当我捧着一杯茶，点燃了一炉檀香，静静地坐在窗前，我遗憾着，你在何方呢？你依旧喜欢听故事吗，竹风？

多少的夜，我就这样问着，站在窗前，对着黑暗的、广漠的穹苍问着。然后，你的信来了，像是在答复我一切的问题，你写着："你现在成为说故事的专家了，其中可有说给我听的故事？自从不再见到那个只会说故事的傻女孩，我的日子是一连串寂寞的堆积。我想你了解的。继续说你的故事吧，记住有一个傻瓜要听。和以前一样，这傻瓜渴望着你的每一个故事；完整的或不完整的，有结局的或没结局的，他都要听！"

还是那样简洁。只是，在信尾，你加了一阕词："谁念西风独自凉，萧萧黄叶闭疏窗，沉思往事立残阳。被酒莫惊春睡重，赌书消得泼茶香，当时只道是寻常。"

是的，你没有忘记那些说故事的日子，没有忘记那些说李清照"赌书泼茶"的夜晚。呵，竹风！

淡绿色的光线在室内照得好幽柔，微风在窗外低低地吟唱，远处还有些疏疏落落的灯光。那只不知名的鸟儿又在叫了，叫得好抑扬，叫得好寥落。呵！这样的夜！

这样的夜，我能做些什么呢？

让我再给你说个故事吧，竹风。以后，每夜每夜，我将为你说许多许多的故事。竹风，你静静地听吧！

夜好深，夜好沉，夜好静谧。

静静地听吧，竹风！

静静地听吧，你！

一九六八年四月八日夜

水灵

    竹风,还记得我们在海边共同消磨的那些下午吗?还记得那海浪的翻腾,那海风的呼啸,和那海鸥的翱翔吗?

    还记得那嵯峨的岩石,和岩石隙缝中爬行的寄居蟹吗?还有那些浪花,白色的,一层又一层,一朵又一朵,和天空的白云相映。记得吗,竹风?那海水无边无际的蔚蓝常常和天空那无边无际的蔚蓝相合,成为那样一片柔和舒适的蓝色氍毹,使你想在上面酣睡,想在上面打滚。记得吗?竹风。

    还有那海面的落日和暮霭,还有那海边的夜景和繁星,还有那远处的归帆和暗夜中明明灭灭的渔火。都记得吗,竹风?海一向使我们沉迷,一向使我们醺然如醉,一向能将我们引进一个忘我的境界,是不,竹风?所以,今夜,让我告诉你一个关于海的故事。

一

江宇文终于来到了那滨海的小渔村，停留在那幢简陋的小木屋之前了。

那正是夏日的午后，灼热的太阳毫不留情地曝晒着大地，曝晒着那小小的村庄，曝晒着裸露在海岸边的礁石和绵延的沙滩。海风干燥地掠了过来，夹带着细沙和海水的咸味。海浪拍击着岩石的声音显得单调而倦怠——整个的小村庄都是倦怠的，在这燠热的夏日的骄阳之下沉睡。路边的草丛上晒着渔网，发散着浓重的鱼腥味，尼龙线编织的渔网上间或还挂着几片鱼鳞，迎着太阳光闪烁。

整个小村大概只有三四十户人家，都是同样原始的、木板的建筑，偶然有一两家围着矮矮的泥墙，墙上也挂满渔网。

几乎每家的门都是半掩半闭的，你可以一直看到里面堂屋中设立的神像，和一些木板凳子，木凳上可能躺着个熟睡的孩子，或是坐着个梳着髻的老太婆，在那儿一边补着渔网，一边静静地打着盹。

江宇文的出现并没有惊动这沉睡着的小村庄，只有几个在门外嬉戏着的孩子对他投来好奇的一瞥，村庄睡得很熟。

村里的男人都是利用夜里来捕鱼，早上归航的，所以，这正是男人们休憩的时光。江宇文提着他的旅行袋，肩上背着他那一大捆书籍，挨着每一户的门外，找寻着门牌号码。然后，他停在那小木屋的前面了。

和他预料的差不多，小屋显得那样宁静和单纯。有一堵矮矮的围墙，围墙没有门，只留了一个宽宽的入口，墙里，有一棵又高又大的老榕树，树根虬结地冒出了地面，树干粗而茁壮，看样子三个人也无法合抱。树枝上垂着无数的气根，迎着海风飘荡，像个庄严的老人的冉冉长须。

榕树下还有个石凳子，现在，石凳上正挺立着一只"道貌岸然"的大白公鸡，高高地昂着它那雄伟的头，它斜睨着站在围墙外的这个陌生人，有股骄傲的、自负的、不可一世的气概。石凳下面，它的"太太们"正带着一群儿女在嬉戏，倒是一幅挺美的"天伦图"。

江宇文呼出了一口气，烈日已经晒得他的头发昏，汗也湿透了背脊上的衣服，跨进了围墙的入口，他走进了那小小的院落，在那半掩半闭的门口张望了一下，门里没有人，神像前的方桌上，有一束择了一半的空心菜。

他停了几秒钟，然后扬着声音喊："喂喂，有人在家吗？"

没有人出来，也没有人答应。推开了那两扇半掩的门，他走了进去，堂屋不大，水泥铺的地，木板砌的墙，倒也相当整洁。那不知名的神像前，还有残余的烟火，一缕青烟在静幽幽地缭绕着。

他下意识地打量着屋子，把书籍和旅行袋都放在方桌上面。这会是一个念书和休憩的好所在，他模糊地想着，耳边又飘起李正雄的话来："别对那小屋期望过高，宇文，它不是过惯了都市生活的你所能想象的。你既然一心一意要去住一段时间，你就去住吧，反正我家里现在只有一个老姑妈在看房子，房间都空着，我又宁愿待在城里不愿回去，老姑妈是巴不得有个人去住住的。你只管去住，但是，别用你的文学头脑，把它幻想成什么海滨的别墅呵，那只是个单单调调的小渔村，一幢简简单单的小木屋，我包管你在那儿住不到一星期就会厌倦了。"

会厌倦吗？江宇文看着那神坛前袅袅上升的一缕青烟，看着屋外那棵老榕树，那灿烂一片的阳光，听着不远处那海浪的喧嚣……会厌倦吗？他不知道。但是，这儿起码不会有城市里复杂的情感纠缠和那揪心的折磨，这儿会让他恢复自信，找到那失去的自我。他将利用这段时间，好好地念一点书，弥补这两年来所荒废的学业，休养那满心灵的创痕。然后，他要振起那受伤的翅膀来，好好地飞翔，飞翔，飞得又高又远，飞给那些轻视他的人看，飞给那个"她"看。

她！他咬了一下嘴唇，咬得那样重，使他因痛楚而惊跳了起来，这才发现自己竟站在屋里出了神。跨了一大步，他伸头望向后面的房间，又扬着声音叫了一声："有人在家吗？喂喂，有人在家吗？"

这次，他的呼叫有了反应，一个老太婆踉踉跄跄地从后面跑了出来，一张满是皱纹的脸上嵌着对惊愕的眼睛，呆呆地瞪着江宇文，结舌地说着一些江宇文不能十分了解的言语。

江宇文不用问，也知道她必定就是李正雄的姑母，带着微笑，他开门见山介绍了自己："我是江宇文，李正雄告诉我，他已经跟您说过了，我要在这儿借住两个月。"

"呵呵，"老太婆恍然大悟，那脸孔上的皱纹立即都被笑容填满了，难得她竟懂得普通话，想必是李正雄的传授，"呵呵，是阿雄的朋友啊，阿雄怎么没有回来？"

"他的工作离不开！"江宇文说着，心底模糊地想着李正雄，一个渔人的儿子，竟读到大学毕业，做了工程师，这简直是不可思议的。"他托我带了点钱来。"他拿出了一个信封，交给老太婆，笑着说，"里面有两千块，你点一点吧。另外呢，"他又掏出两千元来，放在方桌上，说，"这是我给您的，我在这儿住，一日三餐，总是要花钱的，所以……"

"呵呵，"老太婆叫着说，由衷地惶惑了起来，一口气交给她这么多钱，使她完全手足无措，"免啦！免啦！"她喊着，"不要拿钱呀，江先生！阿雄早就交代过啦，你就住阿雄房间，不麻烦呀，免啦！免啦！……"

"收下吧，阿婆。"江宇文说，把钱塞进了那颤抖着的、粗糙的、干而瘦削的手中，"不然我就走了。"

老太婆终于收下了钱，然后，她立刻开始忙碌了起来，带着那么大的欢愉和敬意，她捧来了洗脸水，拿来了肥皂毛巾，又急急乎乎地带江宇文走进他的房间。那原是李正雄回家时住的，显然是全屋里最好的一间，宽敞、整洁，而且还出乎意料地有纱窗和纱门，窗上还垂着粗布的窗帘。室内除了床之外，有书桌，有书橱，有衣柜，还有两张藤的躺椅。

老太婆那么忙碌和热心地更换着床上的被单和枕头套，又一再地抹拭着那原已很干净的桌椅，使江宇文都不好意思起来，经过了一番争执般的客气，老阿婆才依依地退出了那房间，跑去挖空心思地去弄晚餐了。

这儿，江宇文打开了他的旅行袋，把衣服挂进了衣橱里。

然后，将书籍放在书柜的空当中，文具放在桌上，他环室四顾，禁不住长长地叹息了一声。谁能料到，昨天他还在城市的酒绿灯红中挣扎，而今天，他却已遁避到这原始的小渔村来了！

走到窗子前面，他拉开了窗帘，一阵海风对他迎面扑来，带着浓重的、海的气息。他这才惊奇地发现，这扇窗竟然是面海的，站在这儿，可以一直看到那广漠无边的大海，太阳绚烂地照射着，在海面反射着无数耀目的银光。他深吸了口气，不由自主地对那大海伸展手臂，闭上眼睛，高声喊着说："海，洗净我吧！洗净我那满身满心灵的尘嚣吧！"

二

海边的头两天，他完全没有像预期的那样念书。握着一本《世界名诗选》，他走遍了附近数里之内的海岸线，把整个的时间，用来探索和找寻海的奥秘，欣赏着那海面瞬息万变的神奇。从来没有度过像这样的日子，他往往什么都不做，只是坐在一块大岩石上，瞪视着大海，一坐数小时。在那时候，他的思绪空漠，他的心灵宁静，他整个神志都陷在一种虚无的忘我的境界里。

海岸是由沙岸和岩岸混合组成的，在一段沙滩之后，必有一段嵯峨的岩石，这使海岸显得生动。岩石是形形色色的，处处遗留着海浪侵蚀的痕迹，每块石块都值得你长时间地探讨和研究。有的耸立，高入云霄；有的躺卧，广如平野。中间还掺杂着一些神秘的岩洞和隙缝，任你探索，任你流连。岩石上有无数的断痕和纹路，像个大力的雕塑家用塑刀大刀阔斧造成的，每个纹路都诉说着几千几万年来海的故事。

沙滩上的沙细而白，迎着太阳，常常闪烁发光，像许多星星，被击碎在沙子里。那些沙，厚而广漠，里面嵌着无数的贝壳，大部分的贝壳都已经不再完整，却被海浪搓揉得光滑，洗涤得洁净。贝壳的颜色成千成万，白的如雪，红的如霞，紫的像夜晚来临前天空中最后一朵发亮的云。

海上的日出是最奇异的一瞬，数道红色的霞光镶着金色的边，首先从那黑暗的浪层中射了出来，接着，无数朵绚烂的云，烘托着那一轮火似的红日，逐渐地、冉冉地、缓慢地向上升，向上升，向上升……一直升到你的眼睛再也无法直视它。而海面，却由夜色的黝黯，先转为一片红浪，由一片红浪而转为蔚蓝中嵌着白色的浪花。这变化是奇异的，诱人的，让你屏息止气的。

海上的夜色呢？那数不清的星星璀璨在高而远的天空里，海面像一块黑色的丝绒，闪烁着点点粼光，在那儿起伏着，波动着。傍晚出发的渔船在海面上布下了许许多多的渔火，他们利用灯光来引诱鱼群，那些渔火明灭在黑暗的海面，像无数灿烂的钻石，闪烁在黑色的锦缎上。海风呼啸着，海浪低吟而喘息，这样的夜是活生生的，是充满了神秘性的，是梦一般的。

江宇文就这样被海所吸引着、所迷惑着。早上,看海上的日出,看渔船的归航。中午,看无际的海岸平伸到天的尽头,看孩童们在浅水的沙滩上戏水。黄昏,看落日被海浪所吞噬,看霞光把碧波染成嫣红。深夜,看星星的璀璨,看渔火的明灭。他忙碌地把自己的足迹遍印在沙滩上和岩石上,终日流连在海边的柔风里。

他常躺在沙滩上,一任阳光曝晒,也常坐在岩石上,一任夜雾来临。他奇异的行止曾使渔村里的老少们谈论,也曾引起一些少女的关怀,但是,除了老阿婆以外,他在渔村没有交到朋友,不同的身份,不同的教育,不同的社会经验隔开了他们,他在海岸边的影子是孤独的。可是,他并不惧怕孤独,相反地,他在享受着他的孤独。

就这样,到了第三天,他才振作起来,想好好地看一点书了。在日出以前,他就匆匆地起身了,吃了一点稀饭,带了本《相对论》,他走向了海边。他一直走到一块人烟稀少的、远离渔村的海岸,找到了一块岩石嵯峨的地区,然后,他在一块岩石上坐了下来,摊开了他的书本。

他没有即刻进入他的书本,因为海上的日出又习惯性地吸引了他的注意,他无法把天边那绚丽纷杂的彩色和相对论连在一起。用手抱住膝,他出神地看着那刺破了浪花的万道霞光,又凝视着海面及岸边的一切在日光下的转变,然后,突然间,他游移的目光被海边什么特别的东西所吸引了。

他正高踞在一块岩石上,在他的右下方,是一块由三面岩石一面大海围成的凹地，铺满了白色的细沙，像个被隔绝了的世外桃源。岩石与岩石之间，还有好几个洞穴，他到这儿的第一天，就曾在那沙滩上独坐久之。这儿因为距离渔村很远，所以没有丝毫人的痕迹。他曾在这儿望着落日沉没，望着晚霞铺展，因此，他给这个小沙滩取了个名字，叫它望霞湾，而私下把它当作属于自己的一块小天地。

这时，他惊奇地发现，在那望霞湾边的海浪里，正有一样白色的物体在浮沉，随着海浪的冲击，那物体时而浮上沙滩，时而涌向大海。他挺直了身子，集中了目力，对那物体望过去，在逐渐明亮的日光下，那物体也越来越清晰，于是他猛地惊跳了起来，那竟是一个人体！

一个人体！那简直是不可思议的事情！但是，那黑发的头颅，那白色的衣衫，以及那躯体……不是人又是什么？他抛下了书本，从岩石上连滑带滚地奔向了沙滩，向那人体的方向跑去。是的，那是个人，一个女人，正仰躺在海浪里，她的身子已经搁浅在沙滩上了，海浪淹过她的身子，又退回去，她那长长的黑发铺在沙滩上。

他直奔过去，谁家的女孩淹死了？怎会呢？在这人烟绝迹的地区？他踩进了海水中，顾不得脱鞋子，谁知道？说不定还可以救！海水涌上来，湿透了他的裤管，他扑过去，想抓住那女孩的衣角，但是，海浪来势太猛，那女孩又迅速地被海浪卷去，他也被浪头打了个踉跄，栽进水中，弄了一身一头的海水，好不容易挣扎着站起身来，他搜寻着那女孩的身影，于是，他的惊异更大了，站在那儿，他简直呆愣愣地说不出话来了!

原来那女孩已经一挺身,从浪花里站起来了!什么淹死?什么尸体?那竟是个活生生的少女!一个躺在海浪中戏水的渔家女!这时,她亭亭玉立地站在海水中,浑身像人鱼一样滴着水,却睁着一对黑白分明的、孩子似的大眼睛,天真地望着他。

从没有遇到过这么尴尬和啼笑皆非的一刻,江宇文很有点儿被谁捉弄了的情绪。可是,面前这稚气未除的女孩是不会捉弄人的,是他太低估了这些渔家女孩子对于水的能耐了。她躺在海浪上,原是那样悠游自在地任海浪将她的身子举起或放下,那样舒适地享受着海水的清凉。他竟可笑地把她当成了一具尸体!他不由自主地笑了起来,为自己的行为发笑,而这一笑,就有点儿收拾不住的趋势,那女孩的眼睛睁得更大了,微微地张着嘴,呆呆地望着他。

"哦,哦,对不起,"他收住了笑,慌忙对她解释说,"我以为你出了什么危险呢!"

她没有回答,好像根本不太了解他的话。她穿着件白麻布的衣服,已经很旧很旧了。一件从头上套下去的长衣,说不出来是什么服饰,倒很像件睡袍。这时,那衣服被水湿透了,紧贴在她那已经成熟了的躯体上。她的头发湿淋淋地披在肩上,水珠从头发里滚出来,沿着面颊滚落。她的皮肤被太阳晒成了淡淡的红褐色,满脸的水珠迎着太阳光在闪亮。那模样却是相当动人的,有一份原始的、淳朴的美。

"抱歉,你大概根本不懂普通话。"江宇文喃喃地说,近乎自语地。

"我懂的!"那女孩猛地开了口,还像和谁争论似的挺了挺下巴。接着,她就仿佛因为自己的开口而大吃了一惊似的,惶惑地四面张望了一下。她的眼睛大而天真,下巴尖尖的,面孔上随时都带着种近乎吃惊的表情,那样子充满了孩子气,似乎只有六七岁,但从她的身段上看,她起码有十七岁了。

"你叫什么名字?"他问,下意识地,开始觉得她的有趣。

她继续望着他,又不说话了,彩霞将她的身子和面孔染红了。一阵海风吹来,她打了个寒噤,垂下了眼帘,她用赤裸的脚拨弄着海水,低低地说:"海水很冷。"

她的声音轻得像耳语,她那赤裸的脚在海浪里动来动去,像一条在水中穿梭着的、白色的鱼。江宇文有些眩惑了,她身上有某种特殊的气质,他很难形容,也很难了解,但却能很深地感觉到。

"你叫什么名字?"他再问。

她仍然用脚拨弄着海水。

"海水很冷。"她重复地说,"海水会说话。"

"嗯?"他诧异而不解地挑起了眉梢。

她忽然抬起了头,大而天真的眸子又投向了他,接着,她就那样吃惊地一震,像是听到了什么意外的呼唤一般。甩开了他,她开始向岸上奔跑过去。江宇文不由自主地追了她两步,她钻进了一个岩石的隙缝里,就那么一闪,就看不见了。

江宇文走到那隙缝边,可以看到从隙缝里透过来的岩石那一面的天空，显然这儿可以穿出去，不必翻越岩石。那奇怪的女孩已经走了。

耸了耸肩，江宇文不再去注意那女孩，这只是个小小的插曲而已。他回到了岩石上面，再重新拾起那本《相对论》，打开了书本，他注视着书页上那些蟹形的文字，要用功了！他想着，前途和未来全在这些书页里，他必须利用这两个月的时间来好好地准备一下留学考试，这考试是只许成功，不能失败的。抬起头来，他一眼看到一只海鸥正在迎着太阳飞去。

是的，飞翔，他要飞，要飞得又高又远，飞向那高不可攀的云端，然后，让她知道，他也不是个等闲人物！

她，这个"她"字在他心中划过去，带来一阵深深的刺痛。奇怪，在海边的头两天，他几乎完全没有想到她。而现在，这个"她"字在他心中一出现，那份平静的宁和的心情就完全丧失了。他弓起了膝，把头埋在膝上，可以感到太阳正温暖地抚着他的后颈，听着海浪拍击着礁石的声响……而涌现在他脑子里的，不是海浪，不是岩石，不是渔船……而是她，她那白皙的皮肤，她那深邃乌黑而坦率的眸子，她那份骄傲，以及她那份冷漠……

"我不能嫁你，宇文，"她说，声调虽然那么轻柔，却是那么坦白和坚定，"你看，我已经被环境娇宠成这个样子了，我了解自己，我不能吃苦，不能安于贫贱……我一身都是缺点……我不能做你的妻子，放弃我吧，宇文！"

而他不能放弃，他无法放弃，他对她有种疯狂的、近乎崇拜的激情，他要她！他每根血管、每条纤维都在呐喊着要她！他无法放弃，他永远都不会放弃，今生，来生，世世代代！他让那份爱情把自己折磨得憔悴，让那份爱情把自己弄得疯狂和可笑。他可以跪在地上吻她的衣角，可以俯伏着吻她所践踏过的地方。而她呢？她走了，一声不响地飞向了海的彼岸，去追寻一个她所谓的安乐窝。

于是，他的生活破碎了，他的灵魂和意志都破碎了，他走向了歌台舞榭，他沉进了酒绿灯红……而最后，他惊异地发现：他仍然爱她！疯狂地爱她！不顾一切地要她！

所以，他带着书本，来到了海边。所以，再在岩石上展开了《相对论》——自己所选择的而从未喜爱过的课程——他要飞翔，飞得远而高，飞到她的身边去！他要成功，他要金钱和势力，他要把贫穷践踏在脚下！

太阳升高了，后颈上那温暖的抚摸变成了烧灼般的热力，他抬起头来，太阳闪烁得他睁不开眼睛。迎着阳光，在这空漠无人的海边上，他大声喊着："天！助我！助我！助我！"

三

一连好几天，他看书看得十分顺利，十分用功，也十分有收获。海边的空气和阳光对他有益，老阿婆所做的简单菜肴也对他有效，他黑了、壮了、结实了。他对自己又充满了信心,他可以看到属于自己的一片光明灿烂的远景。

这天晚上,在灯下看完了一章书,他收拾好了书本,决心到海边去走走,舒散一下被那些蟹形文字弄得相当疲劳的神经。

海边的月色很好,白昼的暑气已被夜晚的海风一卷无遗。

远处地平线上散布的渔火仍然是夜色中最好的点缀,明明灭灭的,带着梦幻的色彩,把夜弄得生动,弄得柔和。他沿着海岸线,毫无目的地、慢吞吞地向前走着。海滩上只有他一个人,月光把他的影子长长地投射在沙滩上。

他走了很久,在那柔和的、海的呼吸声里,在那月亮的光晕中,在那海风的抚摸下,他的每根神经都松弛着,他的心灵陷进一种半睡眠状态的休憩中。

他什么都没想,甚至没有想到"她"。

就这样,他不知不觉地走到了望霞湾,爬上了大岩石,他居高临下地对那湾中的沙滩看去。于是,一瞬间,他被那湾内的一幅奇异的景象所惊呆了。

月光将湾内那块平坦的沙滩照耀得十分清晰,那湾内并非像他所预料的那样空旷无人。在月光下,一个白色的人影正在沙滩上舞蹈,她的影子在那细细沙上晃动,充满了某种妖异的色彩。江宇文瞪大了眼睛,惊愕得无法动弹。

这就是前几天他所碰到过的那个古怪的女孩!这时,她正一个人在月光下跳着舞,她的手时而伸向空中,时而俯向沙滩,她那黑发的头前后摆动着,海风把她的头发吹得飞舞起来。沙滩上,她的影子随着她的舞动而变幻,时而拉长,时而缩短,忽然在前,忽然在后。这景象竟使他联想起苏东坡的词句:"起舞弄清影,何似在人间?"

又想起李白的句子:"我歌月徘徊,我舞影零乱。"

就站在那儿,呆呆地看着那情景,看得完全出神了。

那女孩继续舞动着,她舞得那么高兴,显然正沉溺在她自己的欢乐中,完全没有料到有个额外的观众,正在默默地注视她。她舞得忘我,江宇文看得也忘形了,禁不住喊了一声:"好呀!这有诗情画意呢!"

那女的猛地停住了舞动,向这岩石上望了过来,江宇文知道自己正暴露在月光之下,而且是无从遁形的。于是,他干脆滑下了岩石,对着女孩走了过来,那女孩并没有退避,只是睁大着那对带着吃惊的神情的眼睛,对他一瞬不瞬地望着。

"很对不起,"他由衷地说着,"我又破坏了你的快乐了。"

那女孩没有答话,仍然呆呆地注视着他,月光把她的脸照得非常清楚,那对黑眼珠在月光下闪着某种特殊的、奇异的光彩。她依旧穿着那件破旧的麻布衣服,肩上撕破了一块,露出了里面坚实而浑圆的肩头。衣服的下摆被海水浸湿,赤裸的脚在沙子中不安地蠕动着。

"你记得我吗?"他问。

她不语。

"你住在村上吗?"江宇文再问,指了指远处的渔村,那女孩的沉默使他多少感到有些讪讪的,他发现自己是个极不受欢迎的闯入者。

她仍然沉默着。

"好了,"江宇文自我解嘲地笑了笑,"你既然不高兴说话,我就走了。我不知道这儿是属于你的天地。"

他转身欲去,可是,那女孩陡地开了口:"对了,你是那个说普通话的人!"她轻轻地说,似乎这时才想起他是谁。他回过身子来,高兴地说:"是,你想起来了。我姓江,江宇文,你呢?"

她低头用脚拨着沙子,文不对题地说:"我在看我的影子,我动,影子也会动。"

"哦?"江宇文又奇怪地看着她,这是什么意思呢?一个在月光下玩影子的渔家女!他蹙起了眉头,研究地看着面前的这个女孩。这时,她微俯着头,脸上有种专注的神色,她像在沉思什么,睫毛半垂。

"你天天到这儿来的吗?"他又问。

"听!"她低喊着,"海在说话!"

他又愣了愣。看到她那副专注的神情,他也不由自主地倾听起来。海风在呼啸,海水在澎湃,那些海浪此起彼落的喧嚣,和空中穿梭流荡的风声相和,是一支歌,是一组乐曲,是无数的低语的组合。

"哦。"他应着,开始感到这少女的话有她的意义,这岂不神奇!是的,海在说话,它在诉说着无数无数的言语,从天地初开之日起,它就开始它漫长的诉说了。谁有情致去听海的诉说呢?一个衣衫褴褛的渔家少女吗?他凝视着面前那单纯得近乎天真的女孩,不由自主地迷糊了,眩惑了。"是的，海在说话。"他喃喃地说。

"你听到了吗？"那少女迅速地抬起头来，满脸涌现着一份难言的喜悦，她的眼睛突然焕发出那样的光彩来，使她那淳朴的脸显得美丽。"你也听到了吗？"她追问着，带着迫不及待的期盼，"你也听到了吗？"

"是的，我听到了。"他热心的回答，感染了这少女的狂热，"海在说话。"

"那——海是真的在说话了？"她胜利而喜悦地喊着，"他们还说我是傻瓜！"

"哦，是吗？"江宇文望着她，有点了解了，"他们说你？"

"他们说我傻！"她低低地说，有些羞涩，有些沮丧，"说我的脑子有病……但是，海是真的在说话，是吗？"她重新提起兴致来。

"是的，它不只说，它还会唱歌，会哭，也会笑，会吵，也会闹。"

她微侧着头，狂喜地凝视着他，眼里闪耀着一种近乎崇拜的光芒。然后，她忘形地一把抓住了他的手，她的手细小而清凉，手指却很有力。她那薄薄的嘴唇微张着，喜悦的笑影从她的嘴角漾开，一直散布到她的眼底眉梢。她轻轻地说："跟我来！"

拉住他，她向岸上的岩石走去，江宇文不由自主地跟随着她走去，她不时回过头来，对他微微一笑。月光涂抹在她的身上，手上，头发上，面颊上，增加了她一份飘逸，使她看来如虚如幻。江宇文心中突然涌起一阵可笑的感觉，这是在做什么呢？可是，在那可笑的感觉以外，他还另外有种模糊的、梦样的不真实感。这女孩，从月光下的舞蹈，到关于"海会说话"的对白，她岂止像外表那样单纯？这不是个海中的女神？仙子？幽灵？或鬼魂？他看着她，在海风下她的长发飘飞，衣袂翩然，他的不真实感更重了。

到了岩石旁边，她牵着他走进了岩石的阴影里，江宇文忽然感到一份沁人心脾的阴凉，同时，面前成了一片黑暗，他们走进了一条岩石的隙缝，显然，这就是上次她所消失的地方。接着，她低声说："小心！"

弯下腰，她向右边一拐，江宇文的头差点撞在岩石上，于是，他惊奇地发现，在这岩壁上竟有一个岩洞，入口处很狭窄，假如你不细心观察，是决不会发现的。弯着腰，他跟随她钻入到一片黑暗中，月光被遗留在洞外了，这儿伸手不见五指，包围着他的，是浓浓的黑暗，和潮湿的、凉凉的空气。

"别动呵！"

她在他身边说，放开了牵着他的手。他听到她走动的窸窣声，接着，一声划火柴的声响，他看到了她站在岩壁之前，手里拿着一支燃着的火柴，在那岩壁的凹处，有支燃烧得只剩了短短一截的蜡烛。她点燃了蜡烛，然后用种胜利的、骄傲的神态说："你看！"

他四面环顾，一时间，在巨大的惊愕之下，他竟愣愣地不知道该说什么了。在烛火的光晕中，岩洞中的一切都很清晰。这只是个小小的岩洞，却整理得十分干净。使他惊愕的，是岩洞里的布置。地上，铺满了白色和紫色的小贝壳，那么厚厚的一层，不知是多少年月不断收集而成的，全是同一类型的，小小的，都洗涤得光亮莹洁。墙上，在那些凹凸不平的岩石上面，都嵌着一些令人眩惑的、海洋的产物，一树美丽的白珊瑚，一只大大的海螺，或是一串串由破碎的小贝壳穿成的珠串。这还罢了，更让他咋舌的，是在一边的岩壁上，垂着一张白色尼龙线的渔网，在那网上，嵌着好几个海星，成为一件离奇而美丽的装饰品。烛光下，这一切都披上了一层梦幻的彩衣，那些贝壳闪着光，白的如雪，红的如霞，紫色的像夜晚天空中最后一朵发亮的云。江宇文屏息凝神地看着这一切，依稀恍惚地感到自己被引进了《基度山恩仇记》中那个神秘的宝窟里了。

"好吗？"她站在他的面前，昂着头问，"这是我的！所有东西，都是我的！"

"是你布置的？你捡来的贝壳？"江宇文不信任地问，迷惑地看着面前那少女的面庞，烛光照亮了她那如水的黑眸，她虚幻得像个水中的精灵。

"是的，都是我的！都是的！"她伸展着双臂，毫不造作地在洞内旋转，嘴里歌唱似的嚷着，"都是我的！都是我的！"

"你多么富有呵！"江宇文慨叹地、由衷地说，被迷惑得更深了。

"来！"她停止了旋转，忽然拉住他说，"躺下来！"她首先躺了下去，平躺在那贝壳的氍毹上，伸展着她的手。她的脸孔发着光。"躺下来，听一听！"

他被催眠似的听话，身不由己地躺在那凉凉的贝壳上面。

"你听!"她轻声说,"海在说话,它说了好多好多话,你听!它不停地说,不停地唱,它从来不累,从来不休息。"

是的,从这岩洞里,仍然可以清晰地听到海浪的低语,海风的轻唱。那此起彼落的潮声,时而高歌,时而细语,时而凝咽,通宵达旦,由昼而夜,无完无了,无休无止。

一段静静的沉默之后,他坐起身来,回到现实中来了。望着那张正一心一意倾听的脸庞,他说:"夜很深了。"

那女孩不语,继续倾听着。

"喂!"江宇文轻轻地摇了摇她的肩头,"你难道不回家?你的父母会着急,起来,让我送你回去吧!"

她侧过头来望着他,眼睛大而天真。

"你说什么?"她问。

"回家!"江宇文说,"夜很深了,你该回去了,岩洞里太凉,在这儿睡觉会生病。"

她摇摇头,微笑地看着他,没有说话。

"听到了吗?"江宇文有些不耐了,"走吧!"

她再摇摇头。

"喂!"江宇文忍耐地注视着她,"你到底是哪一家的女孩子?你姓什么?你的家在哪儿?"

她继续对他微笑着摇摇头。

"好!"江宇文站起身来,走向洞口,"假如你不回去,我可要走了。你就一个人留在这洞里吧!"

她对他的威胁似乎毫不在意,仍然那样笑容可掬地、安安静静地望着他。他走到了洞口,再回头望望那个奇怪的女孩,她躺在烛光之下,贝壳之上。孤独,宁静,恬然。他感到一阵神思恍惚,这烛光,这岩洞,这贝壳,和这奇异的少女构成了一张多么特别的画面。谁说这女孩是个人呢?她该是个从海里钻出来的幽灵!

半晌,这少女仍没有离去的意思,江宇文没有耐心等她了。甩了甩头,他向洞外走去,管她呢!这个陌生的女孩与他有什么相干?要他来代她操心!可是,到了洞外,他又停住了,不能这样丢下她!在这黑暗无人的岩洞里,这样是残忍的!他折回了洞里,一直走向那女孩的身边,弯下腰,他抓住了那女孩的胳膊。

"起来!"他命令地说。

"啊?"她惊奇地看着他。

"起来!我们走!"

她没有反抗,很顺从地站起来了。

"好了,别和我淘气,"他哄孩子似的说,"跟我回村里去!"

吹灭了蜡烛,他牵着那少女走出了岩洞,她很温顺地跟着他,丝毫都不给他惹麻烦。就这样,他们沿着海岸走回了村里。因为不知道那女孩的家在何处,他只好把她带到自己的住处。叫开了门,老阿婆惊奇地喊着:"海莲!"

"海莲?"江宇文扬了扬眉毛,"这是她的名字吗?你看,我在海边'捡'到了她!阿婆,你最好送她回家去,即使是渔村里,女孩子半夜三更在外面流荡总是不对的,你送她回家吧!"

"她——她没有家呀!"老阿婆说。

"什么?"江宇文愣住了,"没有家?"

"她的父亲十年前去打鱼,就没有回来过,"老阿婆解释说,"她妈五年前生病也死掉了,她家的房子早就被张阿土买去了,所以,她根本没有家。"

"那——那——"江宇文皱着眉说,"你们村子里的人就让她这样自生自灭的吗?"

老阿婆不懂什么叫"自生自灭",但她很容易看出江宇文的满脸愤慨和不平。摊了摊手,她艰难地想把这其中缘故说个清楚。"不是不管她,先生,你不知道她——她——她——"老阿婆看了看那少女,又摊了摊手,说,"她原是个蛮聪明的女孩,她妈生她的时候,梦到了一朵莲花,漂在海上,所以给她取名字叫海莲,从小她就长得好,又聪明,全村里都喜欢她,她还读过书,读到小学毕业呢!可怜,十二岁那年,她生了一场病,好了之后,脑筋就不清楚了,一天到晚自说自话的,阿雄说这叫作白——白——""白痴?"江宇文接话。

"对了,白痴!"老阿婆笑了笑,露出嘴中残缺的牙齿。

"村里人都想管她,不过她总是跑走,常常找不到人,饿了才会来找吃的,大家拿她没办法,只有看到她的时候,就给她点东西吃,给她点衣服穿!"

"哦!"江宇文应了一声,觉得胃里很不舒服,转头再去看那个海莲,她正安安静静地站在那儿,脸上仍然带着恬然的微笑,眼光温温柔柔地望着他。对于他和老阿婆的这篇谈话,她完全无动于衷,好像根本不知道他们在谈论的是她自己。"哦，"江宇文再哦了一声，对老阿婆说，"那么，我把她交给你吧！看样子，她需要一番梳洗，换件衣服，和——好好地给她吃一顿！"

转过身子，他走进了自己的房间，和衣倒在床上，他思绪飘浮，心情迷乱，他无法分析自己的情绪，可是，他觉得有份凄凉，有份怆恻，有份莫名的、说不出缘由的沮丧。

四

早晨，江宇文胁下夹着书，走出了房子，想到海边去找个清静的地方看书，刚刚走到院子里，就一眼看到了海莲，她坐在那棵老榕树下的石凳上，静静地对着树下的大白公鸡出神。她的头发梳洗过了，乌黑而光亮地披在肩上，衬托着她那张健康而发亮的脸庞，显得颇有生气。老阿婆已经给她换了一件衣服，一件本来可能是红色或粉红色花，现在已洗成灰白色的连衫裙。衣服太大了，极不合身，套在她的身上，晃晃荡荡的，看来十分可笑。可是，她那样干干净净地坐在朝霞之下，样子却很动人。

"嗨，海莲！"他走过去，温和而含笑地招呼她。

她迅速地回过头来，眼睛发亮。

"噢，说普通话的人！"她用充满了喜悦的声音叫着，"我正等你呢！"

"说普通话的人?"江宇文的眉头皱了皱,"这实在不是个好称呼,叫我江宇文吧,江宇文,记得住吗?我告诉过你好几次了。"

她笑容可掬地望着他。

"江宇文,记住了吗?念一念给我听听!"

"江——宇——文。"她像孩子学念书似的学着。

"对了。"江宇文笑笑,把书本抱在胸前,对她鼓励地点了点头。白痴?谁说这孩子是个白痴呢?她并不笨呵。转过身子,他准备离去了,按进度,他今天一定要看完《量子力学》才行,并且背熟全部的公式。不再顾及海莲,他向院门走去。可是,才走了两三步,他听到身后一连串的呼喊:"等等!说普通话的人!等等!等等!"

又是"说普通话的人"!他站住了,回过头来,海莲正连跑带跳地追了过来,笑嘻嘻地站在他面前。

"去洞那里,好吗?"她问,满脸期盼的神色。

江宇文扬了扬眉毛,要拒绝这天真的女孩几乎是不可能的。而望霞湾未始不是个看书的好地方,也罢,就去那儿吧!

他对海莲含笑地点了点头。

于是,他们到了望霞湾。

坐在那雪白的沙滩上,江宇文望着太阳升高,听着海潮澎湃,一时间,他没有展开书本的情绪。海莲正在海岸边的浅水中拾贝壳,像小女孩一样,她用裙子兜了一衣兜的贝壳,不论整的碎的,她都拾了起来,放在衣兜里。弯着腰,她那长发垂着,罩住了她的脸,风又把她的头发飘了起来。她不时回过头来，对江宇文嫣然而笑，那对发亮的眼睛被发丝半遮半掩着，别有一种情致。江宇文不由自主地跟着微笑起来，心中充溢着一份难言的温柔。

过了一会儿，她站直身子，对着他跑了过去。跪在他的面前，她把一衣兜贝壳抖落在他面前的沙滩上，那是五颜六色的一大堆，各式各样的，她笑着说："你看！"

他拾起了一粒浅紫色的，拂去了它上面的细沙，让它躺在他的掌中，那小小的贝壳在他掌里颤动，上面仍有着海水，水光迎着太阳闪烁。他摇动着手掌，让那粒贝壳在他掌心中旋转，她跪在一边，带着种虔诚的神情，望着他手里的贝壳。

然后，她轻轻地说："这是海的孩子。"

"嗯？"江宇文望着她。

"海的孩子。"她重复着，捧起了一大把贝壳，再让它们从她掌中滑下去，"海有好多好多的孩子，他们到处漂，漂到沙滩上，就回不去了。他们就被太阳晒死，成千成万的，像这样……"她的声音有些震颤，捧起了一把贝壳，她呆呆地凝视着它们。江宇文惊奇地看着她，他那样讶异，因为她眼里竟充满了泪光。这是怎样一个生长在童话故事中的女孩！

"我天天来找它们，给它们一个家。"她继续说，叹息了一声。

"它们好美，不是吗？"

"是的。"江宇文说。

她在他身边坐了下来，面对着大海，她的眼睛蒙蒙眬眬地凝注在海面上。

"我常常这样看着海,"她轻轻地说,"海有的时候好和气,好安静,静得让我想躺在上面睡觉。有时候,它又会变得好凶,好厉害……就像它带走爸爸的那天晚上……"

"爸爸?"江宇文盯着她,她并不是没有记忆和思想呵!

"你还记得你爸爸吗?"

"是的,"她说,于是,她低声地念起一篇数年前小学语文教科书上的课文,"天这么黑,风这么大,爸爸捕鱼去,为什么还不回家?"

念完,她的头伏在她弓起的膝上,突然啜泣了起来,江宇文出乎本能地,一把揽住了她。他把她的头压在他的胸前,拍抚着她的背脊,嘴里喃喃地安慰着:"噢,海莲!可怜的海莲,别哭,别哭呵,让我讲一个故事给你听!"

海莲伏在他胸前,那样轻声而细碎地啜泣着,她的身子在他怀抱中颤动,像个受了委屈的小娃娃,那模样是可怜兮兮的。可是,听到江宇文的话后,她几乎立即就把头抬起来了,泪水洗亮了她的眼睛和面颊。

"什么故事?"她孩子气地问。

"来,坐好,让我来讲给你听!"他把她拉到身边坐下,用手揽着她的肩头,"从前,海有一个女儿,"他顺口编造着,注视着海面,"她是个非常美丽的小东西。她常常幻变成各种形态,一条小鱼,一个小海星,一只寄居蟹,或是别的东西,在水中到处游玩嬉戏。有时,她也变成一颗美丽的小水珠,浮到海面上来,去偷看陆地上的人在做什么。她看到陆地上的人穿着衣服,跑来跑去,又会笑,又会闹,又会唱歌,她觉得非常有趣。于是,她想,如果我能变成一个人,该有多好呢!这样,有一天,当她又变成一簇小水珠浮在海面上的时候,被一个渔夫的妻子看到了,那正是晚霞满天的时候,霞光把那簇小水珠染红了,像一朵小小的莲花,那渔夫的妻子叫着说:'多美的莲花呵!'她伸手把那簇小水珠捞了起来。于是,这海的女儿就乘势钻进了她的怀中,投生做了她的女儿。这渔夫的妻子生下个非常美丽的小娃娃,给她取了个名字,叫作海莲。"

海莲的大眼睛一瞬不瞬地盯着江宇文,听他讲到这儿,她似乎明白了,一个羞涩的笑浮上了她的嘴角,她的泪痕已经干了。于是,江宇文跳了起来,笑着说:"来吧!让我们把这些贝壳送进你那个基度山岩洞去!"

海莲的兴致立刻被提了起来,站起身子,她用衣兜装了贝壳,那样兴高采烈地和江宇文走入了岩洞,他们点燃了蜡烛,细心地擦亮了那些贝壳,再将它们铺在地下。海莲的面孔发光,眼睛发亮,无尽的喜悦流转在她的脸上、身上和眼睛里。

五

许多个日子流逝在海边的日出日沉、潮生潮落之中了。

江宇文忽然惊奇地发现,海莲竟成了他的影子,无论他走到哪儿，海莲总是跟在他的身边。当他埋头在书本里的时候，当他热衷于功课的时候，她就安安静静地在一边拾着贝壳。当他放下了书本，她就喜悦地向他诉说着海的秘密。他不知不觉地和她打发了许多的时光，在沙滩上，在岩石边，在那燃着烛光的洞穴里。他发现自己很喜欢听她说话，那些似乎是很幼稚，又似乎深奥无穷的言语。他常常因为她的话而迷惑，而惊讶，而陷入深深的沉思里。一次，他们共同坐在望霞湾中看落日，海莲忽然说："海多么奇怪呵！"

"怎么？"他问。

"你看，村里的人都靠海生活，他们打鱼，海里的鱼永远打不完，海造出来的，海造出好多鱼啦、蟹啦、蚌壳啦……我们就被海养着。可是，有一天，海生气了，它就把渔船毁掉，把人卷走……海，多奇怪呵！"

江宇文怔住了，是的，海制造生命，滋生生命，它也吞噬生命。它是最坚强的，也是最柔弱的，它是最美丽的，也是最凶悍的……他凝视着海，困惑了，迷糊了。再看着海莲，他问："你喜欢海，还是不喜欢海呢？"

"喜欢！"海莲毫不犹豫地回答。

"为什么呢？"

"它是那么……那么大呵！"海莲用手比着，眼里闪耀着崇拜的光彩，注视着那浩瀚无边的海面，"它会说话，会唱歌，也会生气，会吼，会叫，会大吵大闹……它多么大呵！"

她的句子用得很单纯，没有经过思索，也没有经过整理。但是，江宇文觉得她所说的那个"大"字，包含的意思是一种力量，一种权威，一种凡人不能控制、不能抗拒也不能探测的神威。而那些说话、唱歌、生气的句子，莫非指海的"真实"？是的，海是真实的，毫不造作的，它美得自然，它温柔得自然，它剽悍得同样自然。谁真心地研究过海？谁真正地了解过海？他凝视着海莲，在落日的霞光下，她那丝毫没有经过人工修饰的脸庞，闪耀着动人的光彩。她的皮肤红润，她的眼睛清亮，她的肌肉结实……他一瞬不瞬地盯着她，嘴里喃喃地喊着："你是谁？难道真是海的女儿吗？是天地孕育的水中的精灵吗？你身上怎会有这么多奇异的、发掘不完的宝藏？谁说你是个白痴呢？你浑身散发的灵气，岂是一个凡人所能了解的呢？"于是，他模糊地想：所谓"白痴"，是不是正是凡人所不能了解的人物，他们生活在自己的境界里，那境界可能美丽得出奇，可能是五彩缤纷的。说不定一个真正的白痴却是个真正的聪明人呢！

就这样，他消磨在海边的日子里，海莲竟占着绝大部分。

晚上，她也开始跟着他回到李正雄的家里，连老阿婆都惊奇地说："海莲好像慢慢好起来了呢！江先生，你是怎样医治她的呀？"

江宇文哑然失笑，海莲又何尝需要医治呢？或者，需要医治的是他，而她才是那个医生呢！因为，他从没有像这两天这样心情平和而宁静。

到海边的第三个星期，他忽然接到了一封李正雄从城里转来给他的信，一看到信封上的字迹，他就禁不住心脏的狂跳和血液的沸腾。那是她！那个已远在异域找寻安乐窝的她!

他迫不及待地拆开了信封,一张四寸照片落了下来,他拾起照片,照片中的女人含笑而立,那明眸皓齿,那雍容华丽……

那个他时时刻刻不能遗忘的她呵!他喘息着闭上了眼睛,把那张照片举到唇边去深深地吻着,然后,他再去看那信的内容。

信里面说:"……听说你也准备到这儿来了,我多高兴!这儿有你料想不到的物质享受和繁华,你继续努力吧,追寻吧!假如你真能到这儿来给我设立一个温柔的小窝,我将等待着……"

他抛下信笺,狂喜地在屋子里旋转,捧着那张照片,他用眼泪和无数的吻盖在它的上面,像疯子一样地雀跃腾欢。然后,静下来,算算日子,离留学考试的时间已经只有一个月了,他不禁惋惜着那些和海莲所荒废掉的时光。摊开信纸,他刻不容缓地要给她写回信。可是,一声门响,海莲笑靥迎人地站在门前:"去海边吗?去拾贝壳吗?"她歪着头问,满脸天真的期盼。

"呵,不,今天不去!"他说,走到门边来,把她轻轻地推出门外,"现在,我要写信,别来烦我,好吗?"他温和地说着,关上了房门。

三小时以后,当他握着信封,走出房门,他竟一眼看到海莲,呆呆地坐在他的门槛上,用双手托着下巴发愣。他不禁怔了一下,说:"怎么,海莲?你一直没有走开?"

"我等你，"海莲站起身来，依然笑靥迎人，"现在，去海边吗？去拾贝壳？"她问，还是那样天真地微歪着头。

"呵，海莲，"他皱了一下眉头，困难地说，"我今天不去海边，我有许多事情要做，你自己去玩吧。以后，我也不能这样天天陪你了，我有自己的事情，自己的前途，没多久，我就会离开这儿，然后，可能不再回来……"他顿了顿，"懂吗，海莲？"

海莲用那对天真而坦白的眸子望着他。

"不懂吗？"江宇文无奈地笑笑。"好了，去吧！海莲，去玩你自己的吧！"他走开了，去寄掉了信。回到小屋来，他发现海莲仍然站在他的房门口，脸上有种萧索的、无助的神情，好像不知道该做什么好。一眼看到了他，她的脸上立刻又焕发出光彩来，眼睛重新变得明亮了，微侧着头，她笑容可掬地说："去海边吗？去拾贝壳？"

"哦！海莲，你怎么搞的？"江宇文忍耐地说，却无法用呵责的口气，因为海莲那副模样，是让人不忍呵责的，"我告诉过你了，我今天不去海边了，我要好好地念一点书，再过不久，我就要走了，懂吗？你不能变得如此依赖我呵！"

海莲怪天真地看着他。

"好了，去吧。"他拍了拍她的肩头，然后自顾自地走进了房间，关上了房门。

他一直到晚上才走出房间，当他看到海莲依旧坐在他房间的门槛上时，他是那样惊异和不知所措，尤其当那孩子抬起一对略带畏缩的眸子来看他，不再笑容可掬，而用毫无把握的、怯生生的声音说:"去海边吗?去拾贝壳?"

那时候,他心里竟猛烈地激荡了一下,顿时,一种不忍的、感动的、歉疚的情绪抓住了他,为了掩饰这种情绪,他用力咳了一声说:"咳!你这个固执的小东西!好了,我屈服了!"他拉住她的手,"走吧!我们去海边,去拾贝壳!"

海莲欢呼了一声,跳了起来,她显得那样狂喜和欢乐,竟使江宇文感到满心酸楚。他们奔向了海边,手牵着手,沿着海岸跑着,一直跑到了那个属于他们的望霞湾。

月光很好,湾内宁静得一如往常。江宇文的双手握着她的双手,他们笑着,喊着,在湾内绕着圈圈。海莲不停地笑,笑得像一个小孩,这感染了江宇文,他也笑,一面拼命地旋转,旋转,旋转……一直转得两个人都头晕了,他们跌倒在沙滩上。海莲仍然在笑,在喘息,发丝拂了满脸。江宇文伏在沙上望着她,望着她那明亮的眼睛,望着她那颤动的嘴唇,然后,不知怎的,他的头对她俯了过去,他的嘴唇盖上了她的……

忽然间,他惊跳了起来,他发觉她的手紧箍着他的颈项,她的身子瘫软如绵。他挣扎地费力地拉开了她的手,喘息着站起身来,心里在强烈地自责着:怎么回事?自己是疯了,还是丧失了理智?怎么会发生这样的事情?

海莲仍然躺在沙上,她的四肢软软地伸展着,脸上有着奇异的光,眼睛半睁半闭地仰视着他。浑身充满了一份原始的、女性的、诱惑的美。

"水灵!"他喃喃地念着,"你蛊惑我!"

抛开她，他大踏步地跑开，翻过了岩石，他头也不回地奔回了住处，一口气跑进了房间。他关上了房门，立即拿起早上收到的那张照片，他把照片放在床上，自己在照片前面跪了下来，不断地喊着说："原谅我！原谅我！原谅我！"

夜里，他决定了，他必须马上离去，以免做出更大的错事来。

第二天，天还没有亮，他就悄悄地走了，临行前，他没有再看到海莲。

六

回到了都市里，江宇文立即被一片喧嚣的人群和穿梭不停的街车所吞噬了。他发现那些匆忙的行人，那些飞驰的车辆，那些闪亮热闹的霓虹灯，和那些商店中五颜六色的橱窗，对他都变得无比无比的陌生了。不只陌生，而且是令人心慌，令人紧张，令人不安的。这和海边的落日和日出，渔火和繁星距离得太遥远了，遥远得让他无法习惯也无法接受了。他像逃避什么似的在街上行走，像被什么恶劣可怕的东西追赶一般，迫不及待地要把自己藏起来。

一连数日，他那迷失和慌乱的感觉始终有增无减，在迷失与慌乱的感觉以外，他还有种茫然的、不安的、若有所失的感觉。他发现自己无法看书，无法工作，无法吃饭，也无法睡觉，甚至，他最后竟觉得自己根本不会生活了。闭上眼睛，他看到的是海边的落日和黄昏，睁开眼睛，他看到的是海边的日出和清晨。他的耳边，终日响着的是海风的吟唱和海浪的低唱，他的脑子里，一连串叠印着出现的，是海边的岩洞和贝壳。他挣扎不出萦绕着他的海的气息，摆脱不开那份强烈的、对于海的思念。他看什么都不顺眼，他听什么都不入耳，整日整夜，他心神恍惚，看到的全是一幅幅海边的情景，听到的全是一声声海浪的澎湃。还有那月光下的沙滩，以及沙滩上那个像水中的精灵般舞蹈着的人影。

"水灵，"他喃喃地自语，"那个水灵，她有多大的蛊惑力和魅力！"

摇摇头，他强迫着自己不再去想这些事，摊开了《相对论》，摊开了《量子力学》，摊开了《固态物理》……他强迫自己把注意力精神放在书本上。但是，没有用，那些书本里的文字变得如此艰深，那些公式变得如此晦涩，他完全没有办法集中思想。

于是，他愤怒地站起身来，绕室疾行。然后，他找出了那个"她"的照片，用镜框配着，放在自己的眼前，凝视着照片，他生气地对自己说："看吧！江宇文，这个你梦寐以求的女孩子正在等待着你去为她建造一个安乐窝！努力吧！念书吧！去创造你的前途和未来吧！不要再昏头昏脑地发傻劲了！"

可是，这照片也失去了它的力量。他注意着照片，总觉得这照片有什么不对头的地方。最后，他发现了，那镜框里的面孔并非那个"她",而是睁着一对天真的眼睛,对他默默地凝视着的海莲!

"我疯了!"他想,"我真的是中了魔了!"

摔开照片,他扑在桌上,用手紧紧地抱着头。

李正雄对于他的突然归来并不感到意外,看到了他笑着说:"我知道你一定住不久,你会受不了那儿的枯寂和单调!"

"枯寂!单调!谁说那儿枯寂和单调!"江宇文热烈地嚷着,"在那儿,你永不会觉得枯寂和单调,日出日沉,潮生潮落,海边有你看不完的景致。夜里,海会对你说话,对你唱歌,对你讲故事。那些海的孩子——我指的是贝壳——等着你去为它安排一个家。那些海的女儿,变成了无数的小水珠,浮在海面上……"

"你在说些什么呵!"李正雄惊愕地望着他,"你对海着了迷吗?你说的话像个白痴!"

像个白痴?江宇文浑身一震,这句话提醒了他什么,他猛然间发现自己竟运用了海莲的话,并且自然而然地有了她的思想。难道"白痴"这种疾病也是传染的吗?他呆愣愣地瞪视着窗外,半晌,才低低地说:"可能我也成了白痴了,因为白痴的世界比较美丽!"

"我不懂你在说什么!"李正雄说。

"你不懂吗?"他微微一笑,心底忽然涌起一份莫名的怅惘,"可是,有个人会懂的,那个水边的小精灵,那个海的女儿。她懂的。"

于是,这夜,他辗转难眠。他不住地看到海莲,那个用对天真的眸子望着他、笑容可掬地央求着的女孩："去海边吗？去拾贝壳？"

他翻身，海莲仍然在说："去海边吗？去拾贝壳？"

他用棉被蒙住头，海莲仍然在说："去海边吗？去拾贝壳？"

他把脸埋进枕头里，海莲还是在说："去海边吗？去拾贝壳？"

他从床上跳了起来，忍不住大声地喊着："海莲！"

这一声呼唤既出，他就愣住了。用手抱住膝，他在床上一直坐到天亮。心里涌塞着一份难言的、酸酸楚楚的感情，里面带着浓浓的思念和淡淡的沮丧。

"回海边去？回海边去？回海边去？"这念头终日在他的脑子里徘徊。海，带着强大的力量在呼唤着他，一声又一声地呼唤着他，他听着那呼唤，一声比一声强，一声比一声大，一声比一声猛烈。但是，他仍然在挣扎，在抗拒，在退缩，抱着桌上的照片，他把它当作护身符般放在胸前，用来抵抗海的呼唤。

"你救救我吧！"他对照片里的那个"她"说，"救救我！救救我！"

于是，午后，他收到了"她"来自异域的信，打开来，粉红色的信笺上有着法国的高级香水味，娟秀的字迹优美整齐："……如果你考上了留美，大概九月就可以来了，我会很高兴地接待你。我现在生活得很舒适，常常和许多朋友去夜总会跳舞，你来了，可以加入我们一块儿玩……再有，来的时候，帮我带一粒钻石来，要大的，台湾的钻石比这儿的便宜多了，不过，这并不表示我愿意嫁你，我还想多玩几年，多享受几年，你会愿意等的，不是吗？……"

信纸从他的手里滑落到地上，他默默良久。然后，逐渐地，逐渐地，他感到一种崭新的感觉流进了他的血管，他闻到的，不再是法国的高级香水味，而是海水的咸味，混合了岩石与沙子的气息。他心中的郁结豁然开朗了，奇迹般地，豁然地开朗了。他眼前是一片明亮的广旷的海潮，他的心在喜悦地跳动，他的血液在热烈地奔流。"解脱了！"他脱口高呼。

"解脱了！"他惊奇而狂喜地高呼。解脱了！多年的枷锁和心灵上的压迫在一刹那间解脱了！他冲出了屋外，他跳跃，他旋转，他高歌。然后，他浑身每个细胞，每根纤维，每滴血都开始呼喊："海莲！海莲！海莲！"

他一口气跑到了李正雄那儿，带着自己也不了解的兴奋，抖出了他积蓄已久为了准备去海外的全部费用，迫不及待地说："这够不够购买你海边的小木屋？"

"你疯了！"李正雄嚷着说，"你要购买那栋破房子做什么？你明知道那根本不值钱！"

"那是座皇宫！"江宇文笑着喊，声音里夹带着数不尽的兴奋，"一座为了海的女儿和驸马爷所准备的皇宫！"

"你说些什么？你成了白痴了吗？"

"是的！"江宇文笑得更高兴了，"我是白痴，好可惜，我到今天才发现我是白痴，我必须去找寻我的同类！"他笑着，一面向屋外冲去。

"喂喂，你去哪儿？"李正雄追着嚷。

"去海边！"

"什么时候回来？"

"再也不回来了！"

"那么，你的留美考试呢？你的'她'呢？"

"我的她在海边上，"他站住，笑容可掬地说，"她正等着我陪她去拾贝壳。至于另外那一个在海外的她，她不需要我，她有许多另一类型的白痴包围着，给她金银珠宝，给她物质繁华，给她大粒的钻石。"

他走了，他头也不回地走了。当天晚上，他就回到了那滨海的小渔村，回到了那小木屋前面。

抓住了那惊喜交集的老阿婆，他嚷着问："海莲呢？"

"她跑走了。"老阿婆说，"你走的头几天，她就傻傻地坐在你房间的门槛上，一动也不动。后来她就跑走了，不知道跑到哪里去了，我已经有三天没有看到她！"

江宇文丢开了老阿婆，掉转身子，他向着海边狂奔，他知道她在什么地方，他跑着，不顾一切地跑着，沿着海岸线向前跑，嘴里大声地喊着："海莲！"

"海莲！"

"海莲！"

他一直跑向了望霞湾，爬上了岩石，他不住口地喊："海莲！海莲！海莲！"于是，他看到海莲了，她正从那岩石的隙缝里爬了出来，困难地抬头看他，由于饥饿，由于衰弱，她站起来又跌倒，跌倒了又挣扎着站起来……江宇文连滚带滑地从岩石上溜了下去，迅速地奔向她，她又跌倒了，却仰着满是光彩的脸，对他渴望地伸长了手。他跑过去，她一把就抱住了他的腿，抱得紧紧的，死命的，一面把她那为泪水濡湿的脸颊，紧贴在他的腿上。

"海莲！海莲！海莲！"他哽咽地喊着，跪下身子，抱住了那黑发的头。"我回来了，回来陪你拾贝壳，陪你听海说话，陪你看日出日落……陪你一辈子！"

她用那对天真的眸子仰视着他，月光照在她的脸上，那样充满了灵性、焕发着光彩和喜悦的一张脸，像一个小仙灵！

她的嘴唇轻轻地嚅动着，笑靥迎人："我知道你会回来！"她低声地说，带着梦似的温柔和一份毫无怀疑的信念，"我知道！我知道！我知道！"

海在他们的身边唱着歌，一支好美丽好美丽的歌。月光静静地笼罩着他们，一幅好美丽好美丽的画。

一九六八年四月十九日深夜 初稿于台北
一九六八年四月二十二日午后 修正完毕

云霏华厦

你听过这故事吗?竹风?你知道那个傻傻的小姑娘,名叫云霏的吗?在这儿,我要告诉你这个故事,这个关于云霏的故事。

"这实在是个倒霉的日子!倒霉倒到了家!倒到了十八层地狱,倒到印度国,倒到西天上去了!"

云霏一面向屋后的山坡上冲去,一面嘴里叽里咕噜地骂着。她穿了件红衬衫,松松地挽着袖口,敞着衣领,下面穿着条白色运动短裤,裸露着两条修长而停匀的腿。一顶宽边的白色大草帽下,是一张被太阳晒得红扑扑的脸,和一对怒睁着的、冒着火的大黑眼睛。那浓眉上扬着,一股桀骜不驯的样子,那挺直的鼻梁更显得倨傲和倔强,至于那长得相当美好的嘴,却那样严重地努着,显出一副说不出来的任性和鲁莽。

这就是云霏,像她母亲说的,"永不可能变成一个大家闺秀"，谁要做大家闺秀呢？天知道！她走向那山坡上的一个小树林里，这是她最爱的树林，由一些槭树、尤加利、榕树，和相思树合组而成。不论春夏秋冬，这树林永远是一片绿叶葱绿。因此，云霏给它取了一个名字，叫它"绿屋"。若干年前，她曾看过一部奥黛丽·赫本演的电影，名叫《绿厦》，这绿屋的典故，就出于此。

绿屋是云霏的一个小天地，像这一类的小天地，她还有好几个。绿屋后面，有一条河，水面反射着阳光，总是一片晶莹，河边是无数的鹅卵石与岩石，是个垂钓的好所在，这条河，云霏称它作"水晶房"。假若你沿着水晶房往上游走，会走到一个山谷中，山谷里是一块平坦的草地，上面缀满了一簇簇紫色的、铃状的小野花。这山谷，云霏称它作"紫铃馆"。再往上深入，可以爬到一个山头上，上面有孤松直立，终日云锁山岭，烟雾蒙蒙。云霏就叫它"烟霞楼"。这"绿屋""水晶房""紫铃馆""烟霞楼"合起来，就成为云霏的世界。她给了它一个总名称，叫作"云霏华厦"。

现在，云霏走进了"绿屋"，胁下夹着一本都德的名著《小东西》，嘴里兀自在不停地咒骂。一面，她选择了一棵大树，有着粗壮的树干，分杈的枝丫，和浓密的绿叶的树。四顾无人，她就攀住了枝干，轻捷地纵了上去，然后，沿着树干，她熟练地往上爬，选择了一个十分舒服的所在，她坐了下来，伸长了双腿，倚靠在树干上，整个的身子都隐藏在密叶深处。

"好了！"她喃喃地自语，"让他们来找我吧，找得到我才见了他们的大头鬼!想叫我在宴会上装淑女,呸!做梦!"

扯掉了大草帽,露出了满头乌黑的、乱糟糟的短发,她用手枕着头,把书本放在一边的枝干上,开始出神地想起来。

一切是怎样开始的呢?

怨来怨去,怪来怪去,恨来恨去,都是那个张伯母不好,就是她,三天两头跑到家里来对母亲说:"男大当婚,女大当嫁,李太太,我看你们家云霏的毛病,就是没个男朋友。别看现在社交公开,男女都自由恋爱,但是,像云霏这种女孩子,还真要父母帮帮忙!你给她找个男朋友,我包你,她那千奇百怪的毛病就都好了!"

千奇百怪的毛病!天知道!她有什么毛病呢?如果说成天喜欢在山野里跑算是"毛病"的话,她觉得成天待在一间几坪大的屋里搬弄是非才是更大的"毛病"呢!但是,那老实的母亲呵,却认真地发起愁来了。于是,已经结了婚的大姐、二姐、三姐都奉命"给云霏物色个丈夫"了。就这样,一天到晚,就看到大姐二姐三姐轮流回娘家,同时,赵钱孙李诸家太太川流不息地来和母亲交头接耳,然后,这件倒了十八辈子霉的事就发生了。

那天,大姐云霓兴冲冲地跑了来,劈头一句话就是:"妈,你还记得徐震亚吗?"

"徐震亚?"母亲直眨巴眼睛。

"就是小时候和我们邻居,整天跟云霏打架比爬树的那个徐震亚!"

"哦!他呀!"母亲恍然大悟,"就是云霏给他起外号,叫他虎头狗,他也给云霏起外号,叫云霏疯丫头的那个孩子吗?"

"是呀!"

"他不是举家都搬到美国去了?我和那徐太太还是好朋友呢,多年都没消息了。你怎么突然记起他来?"

"我告诉你,妈,那徐震亚现在在美国已经拿到博士学位了,马上就要回台湾。他的哥哥和立群在美国时是同学,写封信给立群说,要我们照顾徐震亚,同时,帮他物色一个女朋友,换言之,就是托我们给徐震亚做媒,你看,这不是云霏的大好机会吗?"

立群是云霏的丈夫,该死!谁让他认识那个见鬼的徐震亚!那个虎头狗!云霏对他记忆犹存,一张大脸,满身结实的肌肉,会爬树,会掏鸟窝,会打架,还会欺负人!让他下十八层地狱去吧!那倒霉的虎头狗!但是,母亲的兴趣却来了:"那孩子……长得如何?"

"你以为人家还像虎头狗呀?长大了,挺漂亮呢!我这儿有照片,妈,你看!"

于是,母女二人的头凑在一块儿,对着那张照片穷看,看得那样津津有味,好像那是十八世纪海盗的藏宝地图似的。母亲的头点得像咕咕叫钟上的鸽子,眉开眼笑,嘴里不住地赞美着:"真不错,确实不错!的确不错!他到台湾来做什么呀?"

"他是美国一家工厂的工程师,那家工厂要在台湾设分厂,派他来打前站的。"

"哦，条件真不坏，确实不坏，的确不坏！"

"我说，妈，你这儿房子大，又在郊外，空气好，干脆把他接到家里来住，这样，他们两个接触的机会多……事情准成！但是，你可得让云霏打扮打扮，放文静点儿，否则，她那副疯丫头相，不把别人吓昏才怪！"

"这个徐震亚什么时候来呀？"

"就是下个月！"

"那就这样说定了吧！"母亲兴高采烈地说，"我马上给徐太太去封信，拉拉老关系。再收拾出一间房间来，哎，这事要是成了，那才好呢！我心里这个大疙瘩才放得下呀！"

然后，今天这个倒霉的日子就来了。一清早，大姐、大姐夫、二姐、二姐夫、三姐、三姐夫全到齐了，母亲叫了一桌子菜，说是要给那个虎头狗接风。三个姐姐挤在云霏的房里，要给她化妆，要给她梳头，要给她穿上一件……天！居然是件旗袍呢！气得她又吼又叫又发脾气又诅咒，但是，几个姐姐加一个母亲，叽叽喳喳的，扯胳膊扯腿的，闹得她毫无办法。母亲又那样低声下气的，好言好语的，摇头叹气的，左一句，右一句："我的好小姐，你就依了我吧！"

"我的天魔星呀，你穿上这件衣服吧！"

"真是的，我哪一辈子欠了债，生下你这个造孽的东西呀！"

她一生不怕别的，就怕母亲的叹气和唠叨，最后，她实在耐不住了，豁出去让她们"作怪"吧！坐在那儿，她像个木头人一样，说不动就不动，任凭她们搽胭脂抹粉画眉毛，她只当自己是木头做的，僵着胳膊和腿，让她们换衣服。最后，总算都弄停当了，大姐说："瞧，化化妆不就成了小美人了！"

"真漂亮，"二姐接道，"真想不到云霏这样出色！"

"哎，那个徐震亚不着迷才怪呢！"三姐说。

云霏揽镜一照，禁不住呀了一声，身子往后就倒。大姐慌忙扶住她，急急地问："怎么了？怎么了？"

"我要晕倒！"她叫着说，"我马上就会晕倒，快把镜子砸了吧，里面那个妖怪让我倒足了胃口！"

"你知道什么，云霏！"大姐说，"男人就喜欢女人这个样儿！"

"原来男人都喜欢妖怪，"她呻吟着，"他们一定有很稀奇的结构。"

"别说怪话了，"母亲说，"我们也该出发到飞机场去接人了！"

"你休想我这个样子出门，"她嚷着，"也休想让我去接那条虎头狗！"

"跟你商量商量好吗？"母亲忍着气说，"待会儿你当面别叫他虎头狗好吗？"

"那叫他什么？"她瞪大了眼睛，思索着，"对了，虎头狗是俗名，学名叫作——拳师狗，对了！是拳师狗！"

"天！"母亲从鼻子里长长地呼出一口气来，"有谁能教教我，该拿这个疯丫头怎么办？"

"该去机场了，妈，"大姐说，"我看，就让云霏留在家里，我们去接吧，反正等会儿就见面了。"

于是，母亲唉声叹气地跟姐姐们走了。云霏就等着她们出门，她们前脚才踏出大门，她已经冲进了浴室，放上一盆水，只两分钟的时间，就把那张妖怪脸给打发掉了。然后，她扯下了那件衣服，穿上了自己的衬衫短裤，抓了一顶草帽，从后门冲了出去，一溜烟地跑了。

这就是云霏现在坐在大树上生气咒骂的原因。

时间慢慢地流过去，她优哉游哉地躺在大树上，虚眯着眼睛，从那树叶隙中，看天际的白云青天。只一会儿，她就忘怀了徐震亚，天空那样蓝，蓝得澄净，蓝得透明，蓝得发亮，白云飘浮，如烟如絮，来了，去了，在那片澄蓝上不留下丝毫痕迹，她看呆了，看得出神了。

"云霏！云霏！云霏！你在哪儿？"

一连串的呼唤声打破了绿屋中那份沉静安详的空气，云霏陡地一惊，思想从遥远的天际被拉回了地面，她拨开一些树枝，悄悄地向下看，大姐云霓正气急败坏地冲进了绿屋，把手圈在嘴边，大声地吼叫着："云霏！你别开玩笑，全家都等你吃饭呢！云霏！云霏！云霏！"

她喊着，经过了云霏所躲藏的大树下，丝毫没有发现云霏就在她的头顶上。云霏禁不住要笑，又慌忙用手去捂住嘴，因为这样一动，她身边那本《小东西》就啪的一声掉落了下去，不偏不倚地打在云霓的头上，云霓迅速地抬起头来，向大树顶上看去，云霏被发现了。

"云霏！你还不下来！这真太过分了！"云霓气得涨红

了脸。

"哦，我可不是故意的！"云霏慌忙解释，"那本书……那本书……它自己要下去！"

"你怎样？你到底来不来吃饭？"云霓板着脸，拿出云霏最怕的武器，她知道这个小妹妹虽然倔强，却最重姐妹之情。

"我告诉你，你要不然就下来，乖乖地跟我回去吃饭，要不然，我这个做姐姐的就再也不要理你，今生今世都不跟你说话！"

"哟，好姐姐，"云霏果然慌了，"干吗生这样大的气，回去就回去好了！"从树上跳了下来，她头发上挂着树叶树枝，浑身的青草和树皮，裸露的大腿上抹了一大片黑，衣领上还垂着根稻草，笑嘻嘻地对云霓咧开了嘴，"怎样？那个'真不错，确实不错，的确不错'的虎头狗已经来了吗？"

云霓瞪视着她，深吸了口气："我的天！"她喊着，"你不把他吓晕倒才怪！快从后门进去，赶快化化妆再见客吧！"

"休想！"云霏叫，"我回去了！我先走，你慢慢来！"撒开腿她如飞般地向前冲了出去。

"云霏！云霏！哎，我的天！"云霓直着脖子在后面喊，云霏却早就跑得没有影子了。

像个大火车头，云霏直冲进大门，又直冲进客厅，正好云霏的二姐云霞正在向那客人吹嘘着自己的妹妹："我的小妹是我们家最文静，最漂亮，也最温柔的……"

她的句子中断了，目瞪口呆地望着那刚刚冲进来的云霏，满桌子的人都呆住了。只有那位来客，却用一对神采奕奕的眸子,含笑地盯着那闯进来的少女。

云霏直视着座中的生客,那人颇出乎她的意料,丝毫也不像个虎头狗,修长的个子,整洁而并不考究的服装,两道不太驯服的浓眉下,是一对慧黠而漂亮的眼睛。他正含着笑,那笑容是略带嘲弄而又满不在乎的。

"好,"云霏对他点了点头,挑了挑眉毛,尖刻地说,"想必你就是那位'真不错,确实不错,的确不错'的虎头狗了?"

那男士怔了怔,一时似乎颇为困惑。但是,立即,他掩饰了自己的惊奇,对她徐徐弯腰,笑容在他的嘴角加深。

"是的。"他坦率地回答,紧盯着她,眼光灼灼逼人,"那么,你应该就是那位'最文静,最漂亮,也最温柔'的疯丫头了。"

这次,轮到云霏来发怔了,她怔了两秒钟,接着,她就纵声大笑了起来,笑得天翻地覆,地覆天翻。而那只虎头狗呢,也跟着笑了起来,笑得比她更厉害,更起劲。然后,满桌子的人也都不由自主地笑了起来。当那气喘吁吁的云霓赶回来的时候,就碰到这个"狂笑"的"大场面",她呆怔在那儿,真弄不清楚是不是所有的人都发疯了。

晚上,有很好的月光。

徐震亚在那块绿色的山坡上,缓慢地踱着步子,那青草的芬芳,和那山野的气息包围着他。天上,寒星明灭,皓月当空,几片淡淡的云,轻飘飘地,不着边际地掠过。几丝微微的风,轻柔地扑面而来,带着些野百合和雏菊的混合香味。

他有些神思恍惚,多少年来,被关在都市的烦嚣中,他几乎已遗忘了自然的世界。现在,听着远处的鸟啼,看着草丛里萤火虫的明灭,他深陷在一种颇受感动的情绪里。

一阵脚步声急促地赶来,一声鲁莽的呼唤打断了他的沉思:"喂喂!我在到处找你!"

他回过头,月光下,云霏的眸子清亮。

"哦,"他笑笑,"我的名字不叫喂喂。"

"叫什么都一样,反正我在叫你。"她大踏步走上前来。

"有什么事吗?"他问。

"你会在我家住很久,所以,我要在你刚来的时候,就先和你谈清楚一件事,免得以后麻烦。"

"哦?"他盯着她。

"是这样,"她指指身后的那幢房子,"你知道在你来以前,那幢房子里就在进行一项阴谋吗?"

"阴谋?"他挑高了眉毛。

"是的,我母亲和我的姐姐们,她们在苦心地计划一项阴谋,"她坦率地望着他,重重地说,"她们'居然'想要把我嫁给你!"

"哦?"徐震亚愣了一下,立即,他的嘴角浮起了一个难以察觉的微笑,他的眼睛里闪烁着一抹颇有兴味的光芒,深深地看着她。

"我必须告诉你,"她继续说,语气是坚决果断而自信的,"我根本不会嫁给你,完全无此可能。"

"是吗?"他微笑起来,"为什么?"

"是这样,"她有些困难地说,"首先,你要了解,我不是那种肯关在几个榻榻米的房间里，为一个男人而活着的女人，我离不开我的云霏华厦。"

"云霏华厦？那是什么地方？"

"你现在就在云霏华厦里。"她一本正经地说。

"哦？"他眼里的兴味更加深了，"说下去！"

"第二，我不会恋爱，也不会爱你，爱情是婚姻最重要的因素，所以，我不能嫁你。"

"为什么不会爱我？"

"你不漂亮！"

"噢！"

"最起码，没有星星、浮云、树木、原野、流水、岩石……这些来得漂亮，你不必生气，事实上，没有一个人类是漂亮的。"

"哦，"他惊奇地望着她，"再有呢？"

"第三，你也不会爱上我。"

"是吗？"

"我警告你，我有千奇百怪的毛病。"

他点点头，盯着她的眼睛更亮了。

"你说完了吗？"他问。

"差不多了。"

"那么，听我说几句吧！"他站住，微笑地开口，"第一，我并没有意思要娶你。第二，我也没有爱上你。第三，我根本不要结婚。第四，我在美国有女朋友。第五，我警告你别爱上我，我有万奇千怪的毛病。"

云霏怔了怔，接着，忍不住笑了。

"这么说来，我们之间没有什么冲突了？"

"完全没有。"

"也都彼此了解了？"她再问。

"我相信是的！"

"好！"她对着他伸出手来，显出一副慷慨而大方的样子来，"我允许你做云霏华厦的访客！"

他握住了那只手，很紧。流萤在他们四周穿梭。

"你的访客不少。"他看着那些流萤，"刚刚我还听到一只鹁鸪鸟在叫门呢！"

她的眉毛飞扬。

"你懂了。"她轻声说，"你是第一个认识云霏华厦的人。明天，我该带你到整个大厦里参观一番，你必须看看绿屋、水晶房、紫铃馆和烟霞楼。"

一星期过去了。

这天下午，阳光美好地照射着，大地静悄悄的。云霏走进了紫铃馆，她一面走着，一面在高声地唱着一支她自编的小歌："云儿飘，水儿摇，鸟啼声唤破清晓。山如画，柳如眉，春光旖旎无限好。蝶儿舞，蜂儿闹，惜春常怕花开早。紫铃馆，烟霞楼，草裙款摆香风袅。我高歌，我逍遥，倚泉石醉卧芳草。"

唱着，唱着，在那喜悦的情绪中，在那阳光的闪熠下，在那草原和野花的芬芳里，以及那懒洋洋的、初春时节的和风微醺之中，她不由自主地手舞足蹈起来，她歌唱，她旋转，她腾跃……她把无尽的青春与活力抖落在那无人的山谷中。像一只无拘无束的小鸟,像一片逍逍遥遥的浮云,像一缕穿梭而潇洒的微风……她奔跑,旋转,跳跃……然后,忽然间,她踩到了一样东西,同时,一个人从紫色小花和草丛深处跳了出来。

"噢!"云霏吓了一大跳,瞪着他,那个徐震亚,"你在这儿干什么?"她有些气势汹汹的,很不高兴有人闯入了她的小天地,又破坏了她正沉迷着的那份宁静的、悠闲的喜悦。

"倚泉石醉卧芳草!"徐震亚慢慢地回答,望着她,"原谅我擅自走进你的紫铃馆里来,你知道,这儿太诱惑我。草裙款摆香风袅,我只想欣赏一会儿,却不知不觉地睡着了。"

云霏看看他,在他身边的草地上坐了下来。

"你喜欢这儿的一些什么?"她问。

"太多了!"徐震亚由衷地叹了口气,"我在这儿已经消磨了好几个小时,看那些小紫花在微风下点头,还有那片狗尾草像波浪似的摇曳……刚刚有一条蜥蜴从那块大石头上爬过去,还有只绿色的鸟在水面穿来穿去地唱着歌,接着,又有个白衣服的小仙女驾着一片云飘坠下来,在水边的草地上散布着春天的声音……"

"小仙女?"云霏瞪着他,"我不信。"

"我发誓!"他一本正经地,"确实有个小仙女,她唱着一支十分美妙的小歌,我还记得前面几句。"

"怎样的?"

"云儿飘,水儿摇,鸟啼声唤破清晓。山如画,柳如眉,春光旖旎无限好……"

云霏狠狠地瞪了他一眼。

"原来你在开玩笑!"她不高兴地说。

"你错了,我没有开玩笑。"徐震亚深深地望着她,语音有些特别,"我一点儿也不开玩笑。瞧瞧这儿,云霏,一片云,一枝草,一朵小野花,一块小岩石,以至于小溪流里的一滴水,一个小泡沫,一条小银鱼,或一只鸟,一缕微风,一线阳光,一颗鲜红的草莓,一叶青翠的万年青……全都这么美,这么生动,这是自然的产物,然后,它们加上一个你,变成了一份真真实实的'完美'。你那样飘逸,那样脱俗,那样不食人间烟火……你不是小仙女,又该是什么?"

云霏坐在那儿,弓着膝,把下巴放在膝上,她呆呆地看着徐震亚,大而野性的眼睛里有一丝迷惑。

"你知道……你知道……你居然知道这些东西的美丽。"

她喃喃地说。

"我知道,"徐震亚似乎受到了侮辱,"你以为我什么都不能领会吗?哦,云霏,你当我是什么?"

"是一个大机器上的一个小齿轮。"

徐震亚愣了一下,然后,他开始咀嚼这句话,而越咀嚼就越感到有深深的意味。难道不是吗?这些年来,读书,奋斗,竞争,做事,匆忙,奔波……面对的是大机器、小机器,看的是数位、表格、电脑……是的,他只是个大机器上的小齿轮,无止无休地操作,操作,旋转,旋转……这些年来,他从没有认清过自己,但在这一刹那,她用一句话就完完全全地说明白了：是一个大机器上的小齿轮！

"哦！"好半天之后，他才轻呼出一口气来。紧盯着云霏，他眩惑地说："那么，助我吧，小仙女，用你手里那支小金棒点我一下吧！"

她手里正在玩弄着一枝长长的狗尾草，听到他这样说，她就毫不考虑地用那狗尾草在他身上打了一下。他却不由自主地一震，好像这真是根仙女的魔棒，已把他抽筋换骨，打落了他的凡胎俗根。

"现在，"他沉吟地说，"我是不是'漂亮'一些了？"

"怎么说？"

"记得第一天晚上的谈话吗？"他凝视她，"拿我和你手里那根狗尾草比比吧，哪一个漂亮？"

她认真地比较着，看看狗尾草，又看看徐震亚，再看看狗尾草，再看看徐震亚。然后，她扑哧一声笑了出来，抛掉了草，她跳起来说："我看，你快被我那些千奇百怪的毛病传染了！"

"确实。"他微吟着。

"来！"她抓住了他的手腕，"我们去烟霞楼，我有东西要让你看！"

他站了起来。

"即使你让我看的是一个神仙们的舞蹈会，我也不会觉得奇怪！"他喃喃地说着，跟着她向群山深处跑去。

"哦，妈，你一定得让小妹化妆得漂亮点儿。"大姐云霓又在和母亲嘀嘀咕咕了，"怎么自从徐震亚搬来之后，我看小妹丝毫没变好,反而更疯了!"

"还说呢,"母亲叹口气,"震亚刚来的时候,还人模人样的,这几个月下来,他也跟着云霏学,不修边幅,整天除了上班,其余时间就和云霏在山野里跑。"

"那么,岂不是……"云霓含有深意地和母亲挤挤眼睛,"那也不错呀!"

"你不知道,他们……他们根本像两个孩子,每天谈的全是大树呀、喇叭花呀、小鱼呀、狗尾草呀……哦哦,云霓,我告诉你,不只我们的云霏是个疯丫头,我看……我看……那徐震亚也是个疯小子呢!"

云霏站在窗外,听完了母亲这段议论之后,她就大大地撇了撇嘴,耸了耸鼻子,转身向山坡上走去了。

穿过了绿屋,她来到了水晶房,坐在一块大岩石上,她脱掉了鞋袜,把脚浸在那凉沁沁的水中,用脚趾不住地拨弄着流水。这时正是黄昏,落日正向紫铃馆的方向沉落,晚霞满天,是许许多多发亮的、彩色的云,把流水都染红了。她用手托着下巴,呆呆地沉思着,忽然感到了一份难言的、奇异的落寞,四周是太静了。

流水的潺潺,鸟声的啁啾,微风的低吟……自然的音籁不绝于耳,但是,汇合起来却依然"沉静"。为什么呢?她侧耳凝思,潜意识里却似有所待。

"云霏!云霏!你在哪儿?"

一声男性的呼唤破空而来,云霏不由自主地精神一振,一个微笑悄悄地浮上她的嘴角,那个疯小子来了。

"云霏！云霏！云霏！"

随着呼唤声，徐震亚出现了，望着坐在岩石上的云霏，他责备地嚷着："好哦，你坐在这儿一声也不响，让我找遍了云霏华厦，你干吗不理我？"

"我在想……"

"想什么？"

她摇摇头，迷惘地笑笑。

"我也不知道。"她轻声说。

徐震亚看着她，落日的光芒，柔和地染在她的身上、发上和面颊上，那对亮晶晶的黑眼珠闪烁着一种他从未见过的光彩，温柔如梦，闪亮如星。她身上那份野性不知在何时已消失了，这时，她看来几乎是沉静的。

"哦，"他微吟，跨着水中凸起的岩石向她走近，"有没有位子给我坐？"

她的身子向旁边挪了挪，腾出一块狭小的位置。

"你似乎有些闷闷不乐。"他说，在她身边坐下来。

"妈妈和大姐刚刚在家里骂我们呢！"她说。

"是吗？"

"她说我是个疯丫头，你是个疯小子！"

他咬住嘴唇，想笑。一种新的、颖悟的情绪贯穿了他，他瞪视着她，笑容遍布在眼底眉梢。

"你笑什么？"她问。

"你母亲的话，颇有点道理。"

"哼！"她耸耸肩，"我不觉得有什么道理！"

"瞧!"他指着,"一只翠鸟!"

她看过去,果然,一只好漂亮好漂亮的翠鸟,满身蓝金色的羽毛,迎着太阳,发出宝石般的亮光。它在水面不住地回旋、翻飞,卖弄似的伸展着它的翅膀,然后,它停在一块岩石上,开始颇为骄傲地用那美丽的长喙梳弄着它的羽毛,一面梳着,它一面微侧着头,转动着骨碌碌的黑眼珠,似乎在倾听着什么。然后,另一只翠鸟掠空而来,直扑到那只翠鸟面前的水波里。

"噢,还有一只呢!"云霏低呼着。

"是的,这是只公的,石头上那只是母的。"徐震亚说,他的手不知不觉地绕在云霏的腰上。

那只公的翠鸟掠水而过,它开始啁啾地低鸣,环绕着另一只低飞,不住地展览着那美丽的羽毛,接着,它停在那只对面的石块上,开始了一段小步的舞蹈,它蹦跳,它唱歌,它展开它的翅膀……

"哦,好美!"云霏轻轻地说,眩惑地,"但是,它在做什么?"

徐震亚注视着云霏。你!这山林的小仙女,你教过我许许多多的东西,现在,轮到我来教你了。

"它在求爱。"他低声地、温柔地说,"这是自然,你懂吗?上帝造物,有山有水,有树有花,有阴有阳,有男翠鸟,也有女翠鸟。"

"哦?"她望着他,瞪大了眼睛。

"现在,男翠鸟在向女翠鸟求爱,女的高踞在上,等待着男的，男的尽量卖弄他的英姿，去博取女的欢心。"

"哦？"

"你爱自然，你爱美，你可知道，求爱也是自然的一部分，而且，是最美的一部分。你看它们！"

她看过去，那只公的翠鸟已跳到它女友的那块岩石上，像捉迷藏一般，它们开始了一小段的追逐和逃避，一个欲擒故纵，一个半推半就，它们彼此对峙着，歌唱、舞蹈、跳跃，然后相近、相扑、相依偎……那蓝金色的羽翼扑落了无数灿烂的、炫目的光华。

"这就是最美丽的那份自然，"他继续说着，"这就是世界，是天地万物存在的源泉，一个字：爱！"他盯着她，"看到了吗？有母翠鸟，就有公翠鸟，有凤必有凰，有鸳必有鸯……上帝造它们，为了要让它们相爱，所以，有疯丫头，必定有个疯小子！"

他的头俯下来，在她还沉浸在那份眩惑中的片刻，他的嘴唇已紧压在她的唇上，他的手臂绕过来，紧紧地拥住了她。

流水潺潺，微风低吟，翠鸟在彼此叽叽咕咕地述说着衷情……

万籁俱寂，天地混沌……她从他的胳膊里抬起头来，她的眼睛一瞬不瞬地望着他，那黑亮的眼珠现在看起来好无助，好温柔，好可怜。

"我……我……我说过，我……不是那种为一个男人而活着的女人。"她可怜兮兮地说。

"但你是为我而活着的！"他望着她，深深地。

"我……我……我离不开云霏华厦。"她更啜嚅了。

"没有人要你离开,只是,你应该给云霏华厦找一个男主人,你一个人照顾这样大的大厦,不是太孤独了吗?我会是个很好的男主人。"

"还有……还有……"她的模样愈加可怜了,"我……我……我还有千奇百怪的毛病呢!"

"我有万奇千怪的毛病呢!"他嚷着。

"而且,而且,我说过……我是不结婚的!"

"这种傻话,我们都说过,那是因为我们没有长大,也没有认识这世界!"

"再有……再有……你不是说你在美国有女朋友吗?"

"那是我编出来骗你的,因为你那时太骄傲了!"

"哦!"她瞪大眼睛,"但是……但是……"

"哦,我的天!"他喊着,"我有药方儿来治疗你这些'还有''再有''但是'和'而且'!"

迅速地,他的嘴唇重新压了下去,堵住了那张小小的、可怜兮兮的、啜嚅着的嘴唇。她呻吟,她叹息,然后,她的手臂绕了上来,紧紧地环抱住了他。

大地静悄悄的,只有流水的潺潺和微风的轻唱。那两只翠鸟,现在已经不再啁啾和跳舞了,它们庄严地站在岩石上,微侧着头儿,对他们两人凝视着,似乎也颇为明白,自己完成了一些怎样神圣的任务。本来嘛,在希腊神话里,翠鸟就是由两个相爱着的好神仙变幻出来的。现在,它们交头接耳了一阵子,扑了扑翅膀,双双无声无息地飞走了。

太阳沉落了下去,暮色慢慢地游来。天边已闪现出夏夜的第一颗星光。几点萤火虫从草丛中飞来,围绕在他们四周飞舞穿梭,一只青蛙在岩石缝里探着头儿,榕树上有只蝉儿突然引颈而歌……云霏华厦里的客人们都悄悄聚拢,在暗中保护着它们的男女主人。

这世界是爱人们的。不是吗?

一九六九年七月二十四日夜

风铃

窗外在下雨,竹风。那些白茫茫的云层厚而重地堆积着。飘飞的细雨漠漠无边,像烟,像雾。也像我那飘浮的、捉摸不定的思绪,好苍茫,好寥落。

想听故事吗?竹风?我这儿有一个。让我说给你听吧!轻轻地、轻轻地说给你听。

一

对着那整面墙的大镜子,沈盈盈再一次打量着自己,那件黑缎子低胸的晚礼服合身地紧裹着她那纤细的腰肢,胸前领口上缀着的亮片在灯光下闪烁。颈项上那串发亮的项链和耳朵上的长耳坠相映,她周身似乎都闪耀着光华,整个人都像个发光的物体。她知道自己长得美,从童年的时候就知道。现在镜子里那张脸,经过了细心的化妆,更有着夺人的艳丽,那长长的睫毛,那雾蒙蒙的眼睛,那挺挺的鼻梁,和那小小的嘴……她看来依然年轻,依然迷人,虽然,那最好的年龄已经离开了她,很久以来,她就发现自己的生活里不再有梦了。而没有梦的生活是什么呢?只是一大片的空白而已。

她摇摇头,锁锁眉毛,再轻轻地叹口气。今晚她有点儿神魂不定,她希望等会儿不要唱错了拍子。怎么回事呢?她不知道。上电视、上银幕、上舞台,对她都是驾轻就熟的事。

这些年来,她不是早就习惯于这种忙碌的、奔波的、"粉饰"的生涯了吗?为什么今晚却这样厌倦,这样茫然,这样带着感伤的、无奈的情绪?

"掌声能满足你吗?只怕有一天,掌声也不能满足你!你根本不知道自己在追寻些什么!"

若干年前,有人对她说过这样几句话。说这话的人早就不知道到何处去了?欧洲?美洲?大洋洲?总之在世界的一个角落里,过他自己所谓的"小天地"中的生活。"小天地"!她陡地一愣,脑中有一丝灵感闪现,是了!她突然找到自己的毛病了,她所缺乏的,就是那样一个"小天地"啊!那曾被她藐视,被她讥笑,被她弃之如敝屣的小天地!如今,她拥有成千成万的影迷、歌迷,但是,为什么,她会觉得这样空洞,没有一点儿"天地"呢?

"我迷失了。"她对着镜子轻轻地说,"我遗失了很多东西,太多太多了!"她再叹口气。化妆室的门外,有人在急切地敲着门，节目负责人在喊着："沈小姐，请快一点，该你上了！"

她抛下了手里的粉扑，走到门口，打开房门，对节目负责人说："通知乐队，我要改变预定的歌，换一支，我今晚想唱《风铃》。"

"哦，"那负责人张口结舌，"这有些困难，沈小姐，节目都是预先排好的，乐队现在又没有《风铃》的谱，临时让他们换……"

"他们做得到的，真不行，只要打拍子就好了，你告诉他们吧。"沈盈盈打断了他，微笑着说。

节目负责人看了她一眼，在她那种微笑下，你没有什么话好说的了，他了解她的个性，决定了一件事情，她就不肯改变了。如果是别的歌星或影星，他一定不理这一套，要改节目这样难侍候，你以后就别想再上电视了！但是，沈盈盈可不行，人家是大牌红星嘛！观众要她。有了她，节目才有光彩，没有她，节目就黯然无光。有什么话好说呢？《风铃》就《风铃》吧！他咬咬牙，匆匆地走去通知乐队了。

时间到了，沈盈盈握着麦克风，缓缓地走到摄像机前面，几万瓦的灯光照射着她，她对着摄像机微微弯腰。她知道，现在正有成千上万的人，坐在电视机前面，看着她的演出。要微笑，要微笑，要微笑……这是她一直明白的一件事。"沈盈盈的笑"，有一个杂志曾以这样的标题大做过文章，充满了"一笑倾人城，再笑倾人国"这类的句子。但是，今晚，她不想笑。

敛眉伫立，听着乐队的前奏，她心神缥缈。风铃，风铃，风铃！她听到了铃声叮当，张开嘴，歌声从她的灵魂深处奔泻了出来，好一支歌！

"我有一个风铃，叮当！叮当！叮当！它唤回了旧日的时光，我曾欢笑，我曾歌唱，我曾用梦筑起了我的宫墙，叮当！叮当！叮当！我有一个风铃，叮当！叮当！叮当！它诉出了我的衷肠，多少凝盼，多少期望，多少诉不尽的相思与痴狂，叮当！叮当！叮当！我有一个风铃，叮当！叮当！叮当！它敲进了我的心房，旧梦如烟，新愁正长，问一声人儿你在何方？叮当！叮当！叮当！我有一个风铃，叮当！叮当！叮当！它奏出了我的悲凉，红颜易老，青春不长，你可听到我的呼唤与怀想？叮当！叮当！叮当！叮当！叮当！叮当！……"

歌声在无数个"叮当"下绵邈而尽。沈盈盈慢慢地退后，摄像机也慢慢地往后拉，她在荧光幕上的身影越变越小，随着那越减越弱的叮当声而消失了。退到了摄像机的范围之外，沈盈盈把麦克风交给了下一个上场的歌星，立即退出演播室。

她觉得眼眶潮湿，心情激荡，一种难解的、惆怅的、落寞的情绪把她给抓住了。

刚走进化妆室，梳妆台上的电话蓦地响了起来，化妆室中没别人，她拿起了听筒。

"喂，请沈盈盈小姐听电话。"对方是电视公司的接线小姐。

"我就是。"

"有一位听众坚持要跟你说话。"

"告诉他我已经走了。"她不耐地说。

"他非常坚持。"接线小姐婉转地说。

是的，别得罪你的听众和观众！记住，你所倚靠的就是群众！她叹了口气，好无奈，好倦怠。

"接过来吧！"她说。

电话接过来了，对方是个男性，低沉的声音："喂？"

"喂，我是沈盈盈，请问哪一位？"

一阵沉默。

"喂，喂，喂？"她一迭连声地喊着，"哪一位？"

一声轻轻的，微喟似的叹息。好熟悉，她怔了怔，心神恍惚，声音不由自主地放温柔了："喂，到底是谁？怎么不说话？"

"是我。"对方终于开口了，"风铃小姐，不知你还记不记得我，刚刚我在电视上看到了你，忍不住打个电话给你，问你一声'好不好'？"

风铃小姐？风铃小姐？怎样的称呼！她屏息了几秒钟，脑中有一刹那的空白。"哦，我不敢相信，难道你是……"

"是的，"对方说话了，"我是德凯！"

"德凯？"她不由自主地轻呼，"哦，太意外了，我真没想到……"她有些儿结舌，停顿了一下，才又说，"真的是你？"

"是的，能见面谈谈吗？"

"什么时候？"

"马上。"

"噢，你还是这样的急脾气。"

"行吗？"

"好！"她对着镜子扬了扬眉毛，"你到电视公司来接我！"

"十分钟之内赶到！"

电话挂断了，她把话筒放回电话机上，呆站在镜子前面，瞪视着镜子中的自己。一切多突然，多奇异，是德凯，竟是德凯！噢，今晚一开始就不对头，是自己有什么特别的预感吗？否则为什么单单要在今晚突然更改节目，偏偏选中那支《风铃》？呵，风铃，风铃！她软软地坐进梳妆台前的椅子里，耳畔又听到了风铃叮当。叮当，叮当，叮当……一阵风吹送而过，那铃声清脆得像一支歌，叮当，叮当，叮当……

二

那是个夏日的午后，吸引沈盈盈走进那家特产店的，就是那排挂在商店门口的风铃。那午后好燥热，太阳把柏油路面晒软了，晒得人皮肤发烫。沈盈盈沿着人行道走着，一阵风吹过，带来了一串清脆的叮当，好清脆，好清脆。沈盈盈不由自主地一怔，抬起头来，她看到了那些风铃，铜制的，一个个小亭子，一朵朵小莲花，垂着无数的铜柱，每当风过，那些铜柱彼此敲击，发出一连串的轻响。那响声那样悦耳，那样优美，如诗，如歌，如少女那低低的、梦似的醉语，竟使沈盈盈心神一爽，连那堆积着的暑气都被那铃声所驱散了。于是，她走进了那家特产店。

"我要看看那个风铃。"她对那胖胖的老板娘说。

老板娘递了一个给她。

拿着那风铃上的丝绦，她轻轻地摇晃着，铃声叮当，从窗口射进的阳光，在亮亮的铜条上反射，洒出无数的光影。叮叮当当，光影四散，叮叮当当……她喜悦地看着，微笑着。

然后，她听到身边有个男性的声音在问："请问，这是什么东西？"

她抬起头来，接触到一对闪亮的、惊奇而带喜悦的眸子。

那是个瘦瘦高高的男人，好年轻，不会超过二十五岁。有一张略带孩子气的脸庞，浓眉英挺，那神采奕奕的眼睛带着三分天真和七分鲁莽。他正用充满了好奇的神情，瞪视着沈盈盈手里的风铃，好像他一生都没有见过这种东西。

"你在问我吗？"沈盈盈犹豫地说。

"是的。"

"这是风铃，难道你没有见过风铃？"沈盈盈诧异地问，哪里跑来这样的土包子？

"这是做什么用的？"那土包子居然问得出哪！

"做什么用？"沈盈盈睁大了眼睛，"不做什么用，只让你挂在视窗，等有风的时候，听听它的响声。"

"哦！"他恍然地瞪着那风铃，"能给我看看吗？"

她扬扬眉毛，无所谓地把风铃递给他。他接过来，仔细地、研究地看着那风铃，又不住地摇晃它，再倾听着那清脆的响声。然后，他望着她，高兴地微笑着："中国人是个充满了诗意与艺术感的民族，不是吗？"他问。

"你不是中国人吗？"沈盈盈不解地看着他。

"当然是哩！"他颇受伤害似的仰起了下巴，"谁说我不是中国人？"

沈盈盈不自禁地扑哧一笑。

"哦，我以为……"她笑着说，不知为什么，他的样子使她想笑，"你说话的那样子，你好像不认识风铃，使我觉得……"她又笑了起来。

"噢，是这样，"他也笑了，她的笑传染给了他，"我昨天才到台湾，这是我第一次来台湾，我是个华侨，在美国长大的。"

原来如此！她点点头，收住了笑，怪不得他对这特产店中的东西都这样好奇呢！她接过了那个风铃，不想再和这陌生的男人谈下去了，她还有许多事要做呢！招呼了一声那胖胖的老板娘，她说："我要这个风铃，多少钱？"

"等一等，"那男人突然拦了过来，笑嘻嘻的，"允许我买这个风铃送给你，好不好？你是我在台湾认识的第一个女孩子。"

哦，多鲁莽的人哪！认识？他从哪一点就能说是"认识"她了呢？或者，这就是美国男孩子的习气，随便和女孩子交谈，随便做朋友……她武装了自己，笑容从脸上敛去。

她要"唬"一下这个"洋"包子。

"你或者是在美国住久了，中国女孩不随便接受别人的礼物，你这样是很鲁莽的。"

"哦，真的？"他果然有些惊慌失措。那孩子气的脸庞涨红了，"我不知道……我真的不知道……"他结舌地说，大大地不安起来。

沈盈盈懊悔了，她猜想自己的脸色一定十分严峻。何必呢？无论如何，人家要买东西送自己，总不是恶意呀！何苦让别人刚刚回到祖国，充满了人情温暖的时候，就被一个"第一次认识"的女孩子碰一鼻子灰？

"哦，不过……"她立即笑了起来，为自己的严厉觉得很抱歉，面对着那张年轻的、天真的脸庞，你实在无法板脸的，"我愿意接受你的礼物。"

"是吗？"他眉开眼笑，好兴奋，好欣慰，仿佛是她给了他一个莫大的恩惠，一迭连声地说，"谢谢你！谢谢你！"

她又扑哧一声笑了出来。从没看过这样的人，买东西送人，还要向人道谢。那男人看着她笑，也就挺高兴地跟着她笑，这样子多少有点儿傻气，沈盈盈笑得更厉害了。那男人已选了两个风铃，拿到柜台上去付了账，把一个风铃交给她，他说："能不能知道你的名字？"

"呵，不能。"她笑着说。

他挑了挑眉毛，做出一股失意的、无奈的样子来，然后他耸了耸肩，笑笑说："那么，再见，风铃小姐。无论如何，我仍然要谢谢你。"

风铃小姐！怎样的称呼呀！沈盈盈又有些想笑，不知怎么回事，今天下午自己这样爱笑。捧着那风铃，她走向商店门口,她无意于让这男人知道她的姓名地址,包围在她身边的男孩子已经太多了。

"再见!"

她说着,对那男人最后抛下了一个微笑,走进那刺目的阳光中去了。对于她,这件"风铃"事只是生活中一个太小太小的小插曲,她很快就忘怀这事了。只是,偶然,当风从视窗吹来,那悬在窗口的风铃发出一连串清脆的叮当时,她会很模糊地想起那个有张孩儿脸的、陌生的、送风铃给她的男人。但,那印象那样模糊,像一块薄薄的云,风稍微大一点儿,就被吹得无影无踪了。何况,二十岁的年龄,对一个读大学三年级、美丽而活跃的女学生来说,有着太多太多新奇、刺激而绚丽的事物呢!

三

一个暑假那样快就过去了,消失在碧潭的游艇、金山的海风和郊外的小径上了。

捧着厚厚的《西洋文学史》,沈盈盈匆匆地走进校门,开学第一天,别迟到才好。沿着校园中椰树夹道的石子小径,她向前急急地走着。忽然,路边有个人影一闪,拦住了她,一个惊喜的声音在嚷着:"嗨!你不是风铃小姐吗?"

她被吓了一跳,抬起头来,那张孩子气的脸庞,发光的眼睛，对她笑嘻嘻咧开的大嘴！这竟是一个月前在特产店买风铃送给她的人！她不禁笑了，世界真小呀！"你在这儿做什么？"她问。

他拍了拍手里捧着的书本，她看过去，很巧，也是一本《西洋文学史》！

"我正想找个人问一问，西洋文学史的教室在什么地方？我实在摸不清楚。"他说，询问地望着她。

"那么，你是新生了。"沈盈盈说，"侨生？"

"唔，"他哼了一声，微笑地盯着她手里的书本，"你也是去上西洋文学史的课吗？"

"是的，"她摆出一副老大姐的派头来，"你就跟着我走吧！听说今年来了个名教授，去晚了不见得有位子，我们走快些吧！"

他顺从地跟在她身边，加快了步子，一面仍然笑嘻嘻地盯着她，带着点儿傻气，结结巴巴地说："那个——那个风铃好吗？"

她又笑了。

"当然好，没生病！"她说，忍俊不禁。

"我那个，"他有些不好意思地，慢吞吞地说，"也没生病。"

她大笑了起来，笑弯了腰。这个人，倒真是傻气得可以！

看到她笑得那样开心，他也在一边讪讪地笑着。等她笑停了，他才说："对了，我总不能永远叫你风铃小姐的，现在，能不能知道你的名字了？"

"呵，不能。"她笑着说，觉得逗弄这个大男孩是件挺好玩的事情。事实上，既然彼此是同学，他当然不可能永远不知道她的名字的。他似乎也明白这一点，所以并不深究。但是，他仍然轻轻地眨了眨眼睛，扬了扬眉，又耸了耸肩，显出一股满"滑稽"的"失意"相。这使沈盈盈又忍俊不禁了。

他们已经走到了教室门口，教室有前后两个门，从视窗看去，沈盈盈就知道前面都坐满了，所以她从后门进去，一面对身边那位"新生"说："我们只好坐后面了。或者有人帮我占了位子。"

她走进去，果然，有位男同学已在靠前面的地方给她留了位子，老远就招呼着她，叫着她。她微笑着走过去，心中多少有点儿得意，男同学帮她留位子，这是从大一的时候就如此的了。回过头来，她说："我有位子了，你随便找个位子……"她猛地住了口，因为她发现身后根本没有人，那个傻兮兮的"新生"不知到哪儿去了。上课钟已经敲响，同时，教授从前门跨进了教室，她身边那个名叫宋中尧的男同学已经拉她坐了下来。她坐定了，心里还在奇怪那个"新生"怎么不见了？她一面想，一面向讲台上看去，顿时，她像挨了一棍，刹那间目瞪口呆，因为，那从从容容走上讲台，带着淡淡微笑的教授，正是那个"傻新生"呀！

"这就是魏教授，魏德凯，"宋中尧凑在她耳边轻轻地说，"从美国聘来的客座教授，别看他那样年轻，听说在美国已经当了三年教授了，很有名气呢！"

沈盈盈像化石一般呆坐在那儿，一时间，心中像打翻了调味瓶，说不出是什么滋味。尤其回想到刚才自己那副颐指气使的态度和骄气，就更加坐立不安了。而那"教授"呢？他那样从容不迫，那样微笑地、安详地站在那儿，用那对光彩熠熠的眸子，含笑地扫视着全室。天哪！他身上何尝有一丝一毫的傻气？他的微笑是温和而亲切的，他的眼光却有着镇压全室的力量，就那样站在那儿，没开口说一句话，整个教室中已鸦雀无声了。

"同学们，"他终于开口了，笑意漾在眼角。他的眼光似有意又似无意地从沈盈盈的脸上掠过去，带着一抹淡淡的、调侃的意味。"这是我第一天和大家见面，我不认为我有资格来教你们书，却很希望和你们交交朋友，然后，我们大家一起来研究研究西洋文学，你们会发现这是一个很有趣味的课程。"他顿了顿，"在开始上课之前，首先，我们应该彼此认识一下，所以，"他拿起了点名册，"我念到的人，答应我一声，好吗？"

大家在底下应着"好"，唯有沈盈盈，她是那么难堪，那么尴尴尬尬的。而且，最重要的，她发现这个魏德凯竟是个活泼、幽默而慧黠的人物，他的傻气全是装出来的。他捉弄了她！生平她没有被人这样捉弄过。这打击了她的骄傲，伤了她那微妙的自尊，一种近乎愤怒的情绪在她心中生起。尤其，当那"教授"清楚地叫出了她的名字，而她又不得不答应的时候。魏德凯的眼光在她脸上停留了片刻，好一对狡黠的、带笑的眼睛！沈盈盈冒火地回视着他，不由自主地紧咬了一下嘴唇。魏德凯调开了眼光，沈盈盈没有忽略掉，笑意在他的眼睛里是漾得更深了。

一节课在一份轻松的、谈笑的空气中度过,魏德凯的风趣、幽默,以及那清楚的口齿、亲切的作风,立即征服了全班同学,教室中笑声迭起。正像魏德凯所说的,他不像是在"教书",而是讨论,他和学生们打成了一片。当下课钟响之后,仍有许多同学挤上前去,陪着这位新教授走出教室,和他不住地谈着。沈盈盈呢?她躲向了远远的一边,下一节她没课,她一直走向校园深处。宋中尧在她后面追逐着她,他从大一时就开始追逐在她身旁了。他正在不住口地说着:"这个教授真有一套,不是吗?他讲得可真好,不是吗?听这样的教授讲书才过瘾,不是吗?"

沈盈盈猛地车转身子,对他大叫着说:"你真烦人烦透了!不是吗?"

宋中尧呆住了,半晌,他才摸摸脑袋,自言自语:"我今天运气可真不好,不是吗?"

四

魏德凯成了学生拥戴的名教授。

上课的时候,他的教室中永远座无虚席,不但如此,旁听的学生常常站满了教室的后面。没课的时候,他那间学校分配给他的宿舍——一间窗明几净的小屋——也总是川流不息地充满了学生。男男女女,他们拜访他,和他谈文学,谈艺术,谈人生,甚至于,谈他们的恋爱。这位年轻的教授,成了他们的朋友和兄弟。连女同学,对他的兴趣也十分浓厚,她们常在背后谈论他:"听说他有个未婚妻在美国,不是中国人。"

"他是独生子,父母就等着他赶快结婚。"

"他当完一年客座教授,就要回美国去结婚了。"

"他是个奇才,十九岁大学毕业,二十二岁就拿了博士学位,年纪轻轻的就当了教授!"

"……"

对于他的谈论是没有完的,但是,只有一个人,永不参与这些谈论,这就是沈盈盈。她从没拜访过魏德凯,从不加入那些谈论者,也从不赞美他。宋中尧常常对她说:"我真不明白你为什么那样反对魏德凯,像他这样的教授有几个?天晓得!"

"哼!"沈盈盈从鼻子里重重地哼了一声,一句话也不说,就掉头走开了。宋中尧只好大踏步地追上前来,一个劲儿地说:"小姐,你最好别生气!让那个魏德凯下地狱,好吗?"

沈盈盈站住了,狠狠地瞪了他一眼。

"干吗咒人家下地狱?你才该下地狱呢!"

宋中尧摸着脑袋,呆住了。

"女孩子!"终于,他摇着头,叹口气说,"你永远无法了解她们!唉!"

然后,那一次学校里的英文话剧公演了。沈盈盈是外语系之花，理所当然地演了女主角。他们选择了莎翁的名剧《罗密欧与朱丽叶》。那是一次成功的演出，不仅轰动了校内，也轰动了校外。在排演的时候，魏德凯就被请来当指导，他曾认真地纠正过沈盈盈的发音和动作。有时，他们排到深夜，魏德凯也一直陪他们到深夜。排完了，魏德凯常常掏腰包请他们去吃一顿宵夜。在整个排演的过程中，沈盈盈都表现得严肃而认真。她对魏德凯的态度是冷淡的，疏远的，不苟言笑的。魏德凯似乎并不注意这个，他永远那样淡然，那样笑嘻嘻，那样对什么事都满不在乎。沈盈盈知道，他是全世界唯一一个，决不为她的美丽而动心的男人。本来嘛，人家有个美丽的未婚妻呀！

那次的公演出乎意料地成功，沈盈盈演活了朱丽叶，那么美，那么动人，那么痴情，那么细腻，那么柔弱又那么纯真。戏一演完，观众都疯了，他们为沈盈盈欢呼，声音把一座礼堂都几乎震倒。沈盈盈躲在化妆室里，卸了装，对着镜子发呆。宋中尧带着一大群人拥进了化妆室，叫着说："走，我们的朱丽叶！我们要举行一个盛大的庆功宴！目标：四川牛肉面馆！"

她在人群里搜索，没有看到魏德凯，偏偏另一个同学在一边说："本来我们想拉魏教授一起去的，可是他一下幕，就一个人悄悄地走掉了。"

沈盈盈的心沉了下去，忽然间，觉得兴趣索然了。整晚，她神思恍惚，她情绪低落，她不说话，不笑，却喝了过多的酒，同学们说："沈盈盈还没有从朱丽叶的角色恢复过来呢!"

她喝醉了。回到家中,她大吐了一场。第二天,她无法去上学,躺在床上,她听到的是那视窗的风铃声:叮当!叮当!叮当!她用棉被蒙住头,风铃声仍清晰传来,清脆温柔得像一支歌,叮当!叮当!叮当……她咬住嘴唇,悄悄地哭了。

黄昏的时候,母亲推开门走进来。

"外面有个年轻人,大概是你同学,他说要见你!"

准是宋中尧!她没好气地叫:"告诉他我生病了,不见客!"

母亲出去了。片刻之后,她又回到屋里来,递给她一张折叠着的短笺。她打开来,上面是龙飞凤舞的笔迹,胡乱地涂着几句话:"听那风铃的低响,叮当!叮当!叮当!它低诉着我的衷肠,多少凝盼,多少期望,多少说不出的相思与痴狂!叮当!叮当!叮当!"

她从床上直跳起来,喘着气问:"人呢?"

"走了!"

她顾不得自己正蓬松着头发,散乱着衣襟,就握着短笺,直冲到大门口。可是,那儿是空空的,来客早就走得无影无踪了。她退回到自己的卧室中,嗒然若失地坐在床沿上。打开那张短笺,她反复地看着,读着,耳边响着那窗前的铃声叮当。她大概足足坐了十分钟之久,然后,她迅速地站起身来,换了一件红色的洋装,随随便便地拢了拢头发,镜子里出现了一张苍白的、憔悴的脸庞和一对燃烧着火焰的狂野的眼睛，她看来有些儿疯狂。

她走向门口，母亲在后面追着喊："你到哪儿去？你的脸色不好，像在发烧呢！"

"我是在发烧，"她喘息着说，"我周身都冒着火，但我必须出去！"

迎着拂面而来的、暮秋时节的凉风，她打了个寒噤，却觉得自己身体里燃烧的火焰更加炽烈。她的胸腔里蠢动着无数火山中的熔岩，正翻腾着，汹涌着，急切地要从她的身体里迸裂出来。她向前急急地走，走得那样急，好像有千军万马正在她身后追赶她，她手里仍然紧握着那张短笺。

就这样，她停在魏德凯那间小屋之外了。这幢旧式的小房子，曾有多少次她过门而不入。现在，她猛烈地敲着门，并没有顾虑到这屋里会不会有其他的同学。她不顾虑，在这一刻，她什么都不顾虑。

开门的是魏德凯本人，他用一对惊喜、仓皇而又眩惑的眸子迎接着她。她直冲了进去，像个火力十足的火车头。房里并没有其他的人，房门刚刚合上，她就举起手里的短笺，直送到他的鼻子前面去，气势汹汹地嚷着说："这是你写的吗？是你送来的吗？"

魏德凯凝视着她，一眼也不看她手里的纸条。他的眼光是深沉的、莫测的，又是温柔的、宁静的。这种镇定使沈盈盈更加冒火了，她把纸条对他劈手扔过去，开始大声地，倒水般地怒吼了起来："告诉我，你有什么资格对我送来这样的纸条？你凭什么向我示爱？你以为你是个年轻漂亮的客座教授,就能够征服我?你!我告诉你!我讨厌你!讨厌你的骄傲,讨厌你的自信!讨厌你浑身带着的那份满不在乎劲儿!你以为同学们都崇拜你,我也该一样崇拜你吗?你错了!你错了!我从头到尾地讨厌你!现在,收回你的情书吧,离我远远的!我警告你!"

一口气喊完了,她重重地喘着气,眼里冒着火,转过身子,她向门口走去。但是,她被拦住了,魏德凯紧紧地盯着她,目光深深地,深深地,深深地,一直看到她的灵魂深处去。他不说话,也不动,就这样深深地盯着她。这眼光把她给折服了,她怔住了,迷茫了,瑟缩了,迎视着这目光,她觉得自己在变小,变弱,变成了一团烟,一团雾,一团虚无。

她微张着嘴,闪动着眼睑,什么话也说不出来了。

时间过去了不知道有多久,然后,她听到他的声音,低低的、温柔的,像一声微喟般的叹息:"你的话都说完了吗,盈盈?"

"没……没有,"她嚅动着嘴唇,身子不由自主地向后退,声音软弱得像是窗隙间的微风,"我……我要告……告诉你,我……我……"

她没有说完她的话,因为,一下子,魏德凯的嘴唇已经捉住了她的。她被拥进他的胳膊里去了,那男性的,温暖的,宽阔的胸怀!他的嘴唇压住她,那奇异的、轻飘的、梦似的一瞬!她用手环抱住他的颈项,闭上眼睛,泪水沿颊滚落,她忍声地低低地啜泣,像个在沙漠中经过长途跋涉,而终于找到了一片绿洲的旅人。她低泣又低泣,为她的疲倦,为她的挣扎,为她那说不出来的委屈与欢乐。

他吻着她,不住地吻着她,吻她的眼睛、她的睫毛、她的泪。他的嘴唇凑近了她的耳边,用着那种发自灵魂深处的,微带震颤的声音,叹息般地说:"天知道,我多爱你,多爱你,多爱你!"

她又忍不住地啜泣,在那低低的啜泣声中,在那心魂如醉的时刻里,她听到的,是那窗下的风铃声,那样如梦似的轻扬着:叮当,叮当,叮当。

五

"告诉我,从什么时候起,你爱上了我?"沈盈盈扬着那长长的睫毛,微笑地看着坐在她对面的魏德凯。秋已经很深了,他们正坐在一条小船上,荡漾在那秋日的、微带寒意的碧潭水面上。

"唔,"魏德凯含糊地应了一声,轻轻地摇着桨,一面注视着沈盈盈,这是怎样一对摄人心魂的眸子呵!在那特产店中,这对眸子就足以震慑住他了,不是吗?"我不知道,或者,在见你第一面的时候就开始了!"

"但是,你后来表现得多骄傲!"她带着点儿薄嗔,"你捉弄我!你折磨我!你明知道我……噢,"她咬咬牙,"想起来,我仍然恨你!"

他望着她,然后,他低下头来,注视着船舷边的潭水。一层薄薄的红色染上了他的面颊,他竟有些儿忸怩了。微微地含着笑,他轻声地说:"不,你错了,盈盈。我不骄傲,我只是努力地在和自己挣扎,我怕你,我怕被你捕获,怕被你征服,我逃避,而最终,仍然不能不对你屈服。"

"逃避?"她盯着他,目光是灼灼逼人的,"为什么呢?为什么你怕爱上我?为什么?"

"唔,"他不敢看她,他的目光回避地望着潭水,"我不知道,我想,我想……"

"为了你在美国的未婚妻?"她冲口而出地问。

他迅速地抬起头来,注视着她。

"你说什么?"他问。

"你的未婚妻,"她咬咬牙,"那个美国女孩子,等着你回去跟她结婚的那个女孩子!"

"你听谁说的?"他继续盯着她,仍然在微笑,似乎并不在乎,这刺伤了她。

"怎么,谁都在说,每一个人都知道,你在美国有个未婚妻,是个爱尔兰人,还是苏格兰人……"

"都错了,"他收起了笑,一本正经地说,"是一个印第安人。"

她紧紧地望着他,从他那严肃而正经的脸上,你根本无法看出他是否在开玩笑。

"你说真的?"她憋着气问。

"当然是假的,"他慢吞吞地说,"只有傻瓜才会相信我有一个印第安人未婚妻！何况，我在你身上看不出丝毫印第安人的血统来！"

"噢，你——你真是——"沈盈盈大叫着，气呼呼地捞起一把潭水来，泼了他一脸一身。魏德凯放下了桨，一面笑着，一面作势对她扑过来，嘴里嚷着说："当心，你这个坏东西！看我来收拾你，保管叫你喝一肚子水回去！"

"哦，哦！别，别这样。"沈盈盈又笑又躲，真的害怕了，"好人，别闹，待会儿船翻了，我可不会游泳！"

"你还顽皮吗？"他抓住了她的双手，威胁着要把她扔进水里去。

"不，不了，好人！"她央告着，深黑的眼珠雾蒙蒙地望着他，那眼睛里也汪着一潭水，比碧潭的水更深、更黑、更清澈。他瞪着她，不由自主地叹息，然后，他把面颊紧贴在那双柔弱无骨的小手上，再用唇轻轻地吻着它，喃喃地说："哦，盈盈，我多爱你！"

她抽回自己的手来，略带娇羞地微笑着。

"你还没有回答我，关于你未婚妻的事。"她嘟着嘴，不满地说，眼底有一丝娇嗔。

他静静地凝视着她，手扶在桨上，却忘了划动，小船在秋意的凉风下，静悄悄地向下游缓慢地漂着。

"我在美国根本没有什么未婚妻，"终于，他诚挚地说，深深地望进她的眼底，"那些关于未婚妻的话都是谣传。我在中国倒有一个。"

"是吗？"她把握不住他的意思。

"是的,你。"他清晰地说。

她震动了一下,垂下了眼睑。

"你在求婚吗?"她含糊地问。

"是的。怎样?你愿意做我的未婚妻吗?"

她很快地抬起睫毛来瞬了他一眼。

"谈这问题是不是太早了?"她支吾地说,"我还没有大学毕业呢!"

"只有一年半了,我等你。"他说,望着那颗低俯着的、黑发的头颅和那微微向上翘的小鼻梁,"我们可以先订婚,等你大学毕业之后再结婚。我要向学校当局要求,延长客座教授的时间。好吗,盈盈?"

"你要当一辈子的大学教授吗?"她仍然注视着潭水,一面无意识地用手指在潭水里搅动着。

"是的,我喜欢年轻人,我也喜欢书本。如果你和我结了婚,你的同学们将喊你一声师母了。"他笑着,沉湎在一份喜悦的浪潮里,"告诉我,盈盈,你可愿意嫁给我?我们将有个小小的小天地,有个小小的家。我不富有,盈盈,但我们的小天地里会充满了温暖和甜蜜,我保证。怎样,盈盈?"

红晕染上了她的面颊,羞涩飞上了她的眉梢,她默默地微笑,不发一语。

"或者,你嫌弃我?"他刺探地,深思地,"我的世界对你会太小吗?这就是我一直担心着的问题,也是我逃避你的最主要的原因,我怕你。"

"哦,"她抬起头来了,询问而不解地望着他,"我不懂你的意思。"

"你太强了,盈盈。"他发出一声低低的、微喟似的叹息,"你的世界太大,你浑身充满了野性和热力,你太美,你有太多的崇拜者,你有野心,你有壮志,我怕我的怀抱太小,会抱不住你。到了那时候,将是我的悲剧的开始。所以,我怕你,我真的怕你,盈盈!"

"哦!"她喊着,眼睛里冒着火,"你以为我是怎样的人?你以为我是虚荣的,世俗的吗?你看轻了我!"她挺直了背脊,用力地说:"我告诉你吧,德凯,我这辈子会跟定了你!不管你做什么,我跟你上刀山,跟你下地狱,跟你上天堂!"他一把抓紧了她的双手,他的眼睛闪亮,紧紧地盯着她,喜悦笼罩在他整个的脸庞上,他的胸腔剧烈地起伏着。他喘息,他呻吟:"真的吗,盈盈?这是你的许诺吗?盈盈?永不会反悔吗,盈盈?"

"是的!是的!是的!"她一连串地回答。

他打开了她的手掌,把自己的脸孔埋进她的掌心中,用嘴唇紧压着那小小的手掌。忽然间,她发出一声惊呼,他抬起头来,这才发现,他们的小船已经滑向下游的一个大水闸旁,眼看就要卷进那瀑布般的水流里了。魏德凯慌忙拿起桨来,用力地划开了小船,当他们划到了安全的地方,两人松了一口气,禁不住相视一笑。

"即使你要把我带到瀑布下的水流里,我也跟你去!"她一往情深地说。

"我不会,"他说,"我会给你一个小天地,一个充满了宁静、温暖和安详的小天地。"

他们默默相视,无尽的言语,都在彼此的眼睛里。然后,他又继续划动了桨。她的身子向后舒适地倚着,眼光无意地移向了天空——一片好辽阔好辽阔的天空。那么广大,那么澄净,那么无边无际,你简直不知道天外边还有些什么。一时间,她有些神思恍惚,她忽然无法揣想,属于德凯的那"小天地"里有一些什么了。四周好安静,好安静,一片乌云,正轻悄悄地从天边缓缓地游来。

六

是的,乌云是无声无息地飘浮过来了。

自从《罗密欧与朱丽叶》上演之后,沈盈盈的名字就自然而然地响了起来,她的美,她的演技,几乎是远近闻名的。

在校内,她是校花。在校外,更有无数的人在觊觎着她的美丽。于是,一天,她对魏德凯说:"人家都鼓励我去参加选美,你说呢?"

魏德凯深深地注视着她。

"别问我意见,盈盈。"他低低地说,"问你自己吧!如果你想参加,就参加吧!"

"你不反对吗?"

魏德凯深思地微笑了一下。

"我不反对,但我也不赞成,"他慢吞吞地说,"你该自己决定你自己的事情。但是,记住一件事,盈盈,选美是选你的外表,而美丽的外表都是与生俱来的。胜了,你该谢谢造物主;败了,也不必难过。最主要的,不论胜与败,你该保持一颗美丽的心。"

"哈!到底是教书教惯了,一句话引出这么多的教训来!"

沈盈盈说着,站在镜子前面,她正在魏德凯的小房间里。她打量着镜子里的自己,看着镜子里那张顾盼神飞的脸,她不自禁地有些沾沾自喜。站到魏德凯的面前,她扬着眉说:"我告诉你吧,德凯,我一定会成功,一定会胜利的!"

于是,一连串的竞选活动展开了。沈盈盈惊奇地发现,自己身边竟会拥出那么多助选的人来。她整日被人群包围着,忙得晕头转向。她要做衣服,要学美容,要招待记者,要参加许多重要的宴会……选美还没开始,她已整日忙得马不停蹄,连学校的课都没有时间上了。魏德凯对她的选美抱着一种淡漠的、旁观的态度,他和助选团那群人格格不入,他也不参加任何助选活动,他是这段时间里,和她说恭维话说得最少的一个人。然后,发现自己反而碍她的事之后,他干脆退开了,把自己深深地藏在那小屋里。有时,她会像一阵旋风一样卷到他的屋子里来,把一张闪耀着光彩的脸和一对发亮的眼睛,凑到他的面前来,好抱歉好抱歉地说:"对不起,德凯,等我忙过这一阵,一定好好地陪你!别生气呵,德凯!"

魏德凯会摇摇头,勉强地笑笑。于是,她会哄孩子似的弯下腰,吻他的面颊,吻他的额,吻他的眼睛和耳朵,低低地、抚慰地说："告诉我，这几天，你在做些什么呢？"

"只是坐在这儿，"他安静地回答，"听那窗前的风铃。"

这就是他的答复，这种答复常引起她一阵恻然与内疚，只为了，他们曾共同听过无数次的风铃声响，在那铃声叮当下编织过无数的绮梦。但是，这种恻然和内疚很快就被那五彩缤纷的生活冲淡了。她太忙，太兴奋，选美的热潮淹没了她，她再也无暇来领略那风铃的韵味了。

然后，选美开始了，经过了初选、复选、决选，她一关一关地突破，以绝对的最高分领先。每一次的胜利，都带来更多的崇拜者，听到更多的掌声和欢呼。她晕眩了，她陶醉了，她快乐地周旋在那些拥护者之中，像个美丽的蝴蝶，迎着阳光扑闪着她那彩色闪亮的翅膀，不住地穿梭着，飞舞着。

终于，最后一次的评选结束了。沈盈盈以第一名当选，当她站在那选美的舞台上，让主席把那顶缀满珠饰的后冠罩在她头上，听着四面八方震耳欲聋的掌声，她喜悦，她振奋，她觉得自己已经掌握了整个世界。挺立在那儿，她微笑，她扬眉，她对人群挥手。呵，掌声，掌声，掌声……她从没听过那么美丽的声音，她再也记不得风铃的声响了。

选美之后，有一次盛大的庆功宴，魏德凯虽然参加了那宴会，却早早地就悄然而退了。事后，当沈盈盈盛气凌人地跑到他屋里去责备他的时候，他只是怅然地微笑着，轻声地说："原谅我，盈盈，那种环境使我晕眩。"

"为什么？你见不得世面！你永远生活在一个狭窄的世界里，你就不知道这世界有多大！"

"或者，"他勉强地笑着，"我只能生活在我的小天地里，那是个小小的天地！"

"小天地？什么叫小天地？你有的只是一个蜗牛壳罢了！你一辈子只能缩在自己的壳里过日子！"

他不语，只默默地抬起头来，望着悬挂在窗前的那串风铃，这时正是初春，一阵风过，铃声叮当。他仍然微笑着，但那笑容里含着那样深切的一层悲哀，这使她心中一凛，再加上那铃声，那清清脆脆的铃声，唤起了许许多多回忆和灵性的铃声……她猛地发出一声喊，扑过去，她抱住了魏德凯的颈项，热烈地吻他，一面嚷着说："饶恕我！饶恕我！我不知道我在说些什么，你饶恕我，我只是个不懂事的孩子！"

他拥住了她。一刹那间，她看到他的眼底漾满了泪。他吻她，深深地，切切地，辗转地吻她。然后在她耳畔低沉地说："记住，我爱你，盈盈，不单是你那美丽的外表，也爱你那份灵气，那份善良和纯真。现在，你身边包围着爱你的人们，他们是否都能认识你的心灵？"

她低下头，用手环抱住他的腰，然后把面颊深深地埋进他胸前的夹克里，闭上眼睛，她觉得一阵心境虚空，觉得满心的恬然与宁静。在这心与灵交会的一瞬，她比较了解他了，他的境界和他的"小天地"。她低低叹息。一时间，两人都默然不语，只有窗前的风铃，兀自发出一连串又一连串的叮当。

可是，没多久，她被派到海外去参加一项国际性的选美了，新的选美热潮又鼓动了她。当她载誉归来，她已不再是个默默无闻的女学生，而成为家喻户晓的大人物了。她的照片被登在报纸的第一版,记者们追踪着她,她的一举一动,那爱吃牛肉干的习惯,都会变成新闻见报。于是,电视公司访问她,杂志报章报道她,电影公司也开始争取她了。

"你认为我去演电影怎样?"她问魏德凯。

"你会成为红演员。"他答得干脆。

"你的意思是赞成我去演?"

"我不知道我的赞成与否对你有什么影响力,我想,你自己早已经决定了。"他闷闷地说。

"你猜对了!"她兴高采烈地叫着,"事实上,我昨天已和××电影公司签了三年的合同,你猜他们给我多少钱一部戏?十万元!"

他盯着她。

"我以为……"他慢吞吞地说,"我们是有婚约的。"

"哦,你不能泼我的冷水,我现在不要结婚,我的事业刚开始,我不能埋没在婚姻里!你也无权要求我放弃这样优厚待遇的合同,也放弃一大段光明灿烂的前途,是不是?"

"说得好!我是无权!"他咬咬牙,"我早就说过,你有权决定自己的事情!"

"那么,别管我,我要演电影,我要成功,我要听掌声!"

"掌声能满足你吗?只怕有一天,掌声也不能满足你!你根本不知道自己在追寻些什么!"他注视着她,语重心长地说。

"你只是嫉妒!你不希望我成功,不希望我压倒你,不希望我被群众所拥戴,你自私!德凯,你完完全全是自私,你要占有我！"

"你的话有些对，"他说，"爱情本身就是自私的，但是，你却无法责备爱情！"

"如果你真爱我，"她用那对燃烧着光彩的大眼睛，灼灼地逼视着他，"你就等我三年！"

"恐怕不止三年，"他悲哀地笑着，"三年以后，你会接受新的合同，那时的待遇会涨到二十万。谁知道呢？你不是要求我等三年，或者，竟是三十年。"

"如果是三十年，你等吗？"她逼视他，"昨天还有个男人对我说，要等我一辈子呢！"

他站起身来，走到窗前去，用背对着她。他的声音变得僵硬而冷漠了："别把我算进去，我不会对你说这种话，我也没有那份耐性！去演电影吧，反正有的是男人等着你！"

"你呢？"她冒火地喊，"你不等，是吗？"

"是的，我不等。"

"你卑鄙！你下流！你混账！"她大骂着，愤怒地喊着，"你的爱情里没有牺牲！只有自私！我不稀罕你！我也不要你等我，我们走着瞧吧！"

砰的一声，她冲出房间，重重地带上房门，走了。

于是，她开始了水银灯下的生活。她的照片成为大杂志的封面，她出席各种社交活动，她上电视、她唱歌、她表演、她参加话剧的演出，不到三个月，她已经红了，红透了半边天。

她身边围绕着男士们，她几乎不去上课了，以前包围在她身边的男同学，像宋中尧等人，早已不在她的眼睛里。她的生活是忙碌的、紧张的、刺激的、多彩多姿的。她学会了化妆，她懂得如何打扮自己，她是更美、更活跃、更迷人，也更出名了。

然后，一天深夜，她在片场拍完了一场戏，正要收工回家，魏德凯忽然出现了。

"我要和你谈谈。"他说，眼睛里布满了红丝，身上带着浓重的酒气。

"你喝了酒？"她惊奇地问。

"是的，我想我有点醉，这可以增添我的勇气，对你说几句心里的话！"

"要说就快说吧，还有人等着要请我吃宵夜！"她说，不耐地。

"你打发他们走，我们散散步。"

"不行，会得罪人。"

"那么，好，我就在这儿说吧！"他喘了口气，脸上的肌肉被痛苦扭曲了，"我来告诉你，我要你，我爱你，我离不开你！摆脱这所有的杂务吧，嫁给我！跟我走！好吗？"

"你醉了。"她冷冷地说。

"没有醉到不知道自己在做什么的地步！"他说，抓住她的手腕，他的眼睛迫切地盯着她，声音颤抖，"跟我走！我求你，因为没有别人比我更爱你，更了解你！"

"哈！"她嗤之以鼻，"别自作聪明了！你从来就没有了解过我！告诉你吧，我不会跟你走，也不会嫁你。"她垂下了眼睑，一时间，她有些难过了，她看出眼前这男人，是如何在一份痛苦的感情中挣扎着，而毕竟，他们曾有过一段美好的时光。叹了口气，她的声音柔和了："我抱歉，德凯。你也看得出来，现在的局面都不同了，我已经不是以前的沈盈盈了，也不再是你的风铃小姐。放掉我，回美国去吧，你会找到比我更适合你的女人，能跟你一起建立一个小天地的女人！"

"那个女人就是你！"他鲁莽地说，眼眶湿润，"你一定要跟我走，盈盈，我求你。我这一生从没有求过人，可是，现在，我求你。我已经把男性的自尊全体抛开了。嫁我吧！盈盈，你会发现我那个天地虽小，却不失为温暖安宁的所在。我将保护你、爱护你，给你一个小小的安乐窝。盈盈，来吧！跟我在一起！"

他一连串急促而迅速地说着，带着那样强烈的渴望和祈求。他那潮湿的眼睛又显出那份孩子气的任性和固执，痛苦和悲哀。这绞痛了沈盈盈的心脏。但是，望着那片场中的道具，和那仍然悬挂着的水银灯，她知道自己是永不会放弃目前这份生活的。她已经深陷下去，不能也不愿退出了。他那"小天地"对她的诱惑力已变得那样渺小，再也无法吸引她了。

"原谅我，"她低低地说，"我不能跟你走。"

"但是，你说过，你将跟我上刀山，跟我下地狱，跟我进天堂！"

"是的，我说过，"她痛苦而忍耐地说，"但那时我不知自己在说什么，我想，我对你的感情，只是一时的迷惑，我还太年轻。"

　　他瞪着她,脸色可怕得苍白了起来。她这几句话击倒了他,他的眼睛里冒着火,他的嘴唇发青,他的声音发抖:"那么,你是连那段感情也否定了?"

　　"我抱歉,德凯。"她低下了头,畏怯地看着地面,嗫嚅地说,"你放了我吧,你一定可以找到比我更好的女人。"

　　他沉默了片刻,呼吸沉重地鼓动着空气。终于,他点点头,语无伦次地说:"好,好,可以。我懂了,我总算明白了。没什么,我不会再来麻烦你了。事实上,我早知道会是这样的结果,只怪我不自量力。好,好,我们就这样分手吧!你去听你的掌声,我去听我的——风铃。哈哈!"他忽然笑了起来,笑得凄楚,笑得怆恻,"风铃!"他盯着她,"你可曾听过风铃的叮当吗?"

　　推开她,他仰天大笑。"哈哈哈!哈哈哈!"

　　用力地掉转头,他走了。她含着泪,却忍心地看着他的背影,一面笑着,一面跄踉地、孤独地隐进那浓浓的夜雾里。

　　这就是她最后一次见到他,没多久,她听说他回美国去了,从此就失去了他的消息。

七

　　多少年过去了?五年?不,六年了。在这六年中,世界已有了多少不同的变化。她如愿以偿地成功了,跃登为最红的女演员,拿最高的片酬,过最豪华的生活,听最多的掌声。

但是,一年年地过去,她却逐渐地感到一份难言的空虚和寥落,她开始怀念起那风铃的叮当了。多少个午夜和清晨,她在糅合着泪的梦中惊醒,渴望着听一听那风铃的叮当。从尘封的旧箱笼中,翻出了那已变色的风铃,她悬挂起来,铃声依然清脆,她却在铃声里默默地哭泣,只为了她再也拼不拢那梦的碎片了。

不知从何时开始,她作了一支歌《风铃》,这成为她最爱唱的一支歌,她唱着,唱着,唱着,往往唱得遗忘了自己——她看到一个懵懂的女孩,怎样在迷乱地摸索着她的未来。

成长,你要付出何等巨大的代价!

今夕何夕?今夕何夕?

那是真的吗?再听到那人的声音,再听到他低声的呼唤。

那是真的吗?可能吗?故事会有一个欢乐的结局,她不敢想。

可能吗?可能吗?今夕何夕?

她用手托着下巴,忘了卸装,也忘了换衣服,只是对着镜子痴痴地出着神。

门上一阵轻叩,有人推门走进来:"沈小姐,外面有人找!"

她惊跳起来,来不及换衣服了。抓起梳妆台上的小手提袋和化妆箱,她走出了化妆室,神志仍然恍惚。

"嗨!盈盈!"

一声呼唤,多熟悉的声音!她抬起头来,不太信任地看着眼前那个男人,整齐、挺拔、神采奕奕!那对发亮的、笑嘻嘻的眼睛,紧紧地盯着她。他的变化不大,依然故我地带着那份天真和潇洒,只是眉梢眼底,他显得成熟了,稳重了。

沈盈盈好一阵心神摇荡,依稀仿佛,她又回到那特产店中,和×大的校园里去了。

"还记得我吗?"他问,伸手接过她手里的化妆箱。

"是的,"她微笑着,却有些酸涩,"那个找不着教室的新生。"

他笑了,笑容依然年轻,依然动人。她也笑了。

"那个风铃,"他盯着她,眼睛亮晶晶的,"好吗?"

"是的,没生病。"

"我那个,也没生病。"他说。

他们又笑了起来,旧时往日,依稀如在目前。她笑着,眼前却忽然间模糊了。走出了电视公司,他们站在街边上。

"我们去哪儿?"他问。

"愿意到我家坐坐吗?"她说。

"不会不方便?"

"很方便,我自己有一栋公寓。"

他不再说话,叫了一辆计程车,他们坐了进去。

"到台湾多久了?"她问。

"刚好一星期,看了两部你演的电影,又在电视上看到你好几次,恭喜你,盈盈,这几年你没有白过!"

她苦笑了一下,她不想谈自己。"成就"两个字是多方面的,或者,大家都看到了她的成就。但那心灵的空泛呢?如何去填补？

"还是回来当客座教授吗？"

"是的，老行业。"

"结婚了吗？"终于，她问了出来，这句话已哽在她喉咙里好半天了。

"是的。"他笑笑，轻描淡写地说，"有两个孩子了，一男一女。"

"哦，"她轻嘘一口气，"真快，不是吗？"她心底漾开了一片模糊的酸涩。

"好多年了，你知道。"

"是的——"她拉长了声音，"你太太，是外国人吗？"

"不是爱尔兰人，也不是苏格兰人，更不是印第安人！"他笑着，显出一种单纯的幸福和满足，"她是中国人。一个很平凡，但是很可爱的女人。"

"你们一定有一个共同的、温暖的小天地了？"她说。觉得心里的那片苦涩在扩大，一层难言的痛楚和失望抓住了她。

那小天地！她原该是那小天地中的女主人呵！但是，她放弃了，她不要了，她要一个更大的天地，更大的世界，可是，她到底得到了些什么呢？那些恭维，那些赞美，是何等的虚泛！

"你身边包围着爱你的人，他们是否都能认识你的心灵？"是谁说过的话？那么久以前！呵，她所轻视的小天地！如今，她是一丁点儿立足之地都没有了。

"哦，是的，我们那小天地很美很美。"完全看不出她情绪上的苦涩,他高兴地回答着,眼睛发亮,脸庞发光,"一个最完美、最甜蜜的小家庭,我的妻子……"他看着她,微笑而深思地,"她的世界就是我,你懂吗?"

"你确实抵得上一个世界。"她说,轻轻地。感到那份混合着妒忌的失意。

"是吗?"他更深地盯着她,"并不是每个女人都这样看我,也曾有个女人认为我抵不上一粒沙。"

她的脸涨红了,不由自主地咬了一下嘴唇。那个女人是个傻瓜!她想。

"别提了,好吗?"她说,"你太太和孩子也到台湾来了吗?"

"没有,他们在美国,我只教一年就要回去。"

"哦,"她微喟着,"很想认识他们。"

"你呢?"他凝视她,"怎样?除了事业上的成功以外,感情上的呢,想必也有很大的收获吧?"

"我的眼光太高了,"她微笑着,"我觉得,孤独对于我更合适些。"

"你孤独吗?"他继续盯着她,"我想你不会孤独,很多人包围着你。"

"因为有很多人包围着,所以才更孤独。"她含蓄地、深沉地、叹息地说。

他一震,他的眼睛闪亮了一下,她迎视着他的目光,顿时,她觉得心脏紧缩,眼眶湿润,她看出来了,这男人了解她,一直了解到她的内心深处。这就是她在许多年以来,梦寐以求的那种了解呵!

车子到了目的地,停下来了。他跟着她走进她的寓所,那是幢豪华的公寓。在那布置华丽的客厅中坐了下来,用人送上了一杯芳香馥郁的茶。

"记得你爱喝茶。"她说,微笑地望他,"你坐一下,我去换一件衣服。"

她进去了,片刻之后,她重新走了出来,魏德凯禁不住眼睛一亮。她穿了件家常的、浅蓝色的洋装,披散了满头美好的长发,洗去脸上所有的化妆,在毫无铅华的情况下,显出一份好沉静、好朴素的美。魏德凯眩惑地望着她,一瞬间,她似乎又变成了那个纯洁的女学生。所不同的,是一份成熟代替了当初的稚嫩,一份宁静取代了当初的任性。他一瞬不瞬地注视她,慢慢地吐出一口气来。

"你更美了,盈盈,而且,成熟了。"

"我为成长付出过很高的代价。"她轻声说,不能遏止自己那澎湃的感情和深切的感伤。

"举例说,是什么?"

"你。"她冲口而出地说,立即,她后悔了,但已无法收回这个字,于是,泪迅速地涌进了她的眼眶。

他怔了怔,然后,他的一只手盖上她的手背,他的声音是激动而略带不信任的。

"是真的吗?"他轻问。

她很快地站起身来,摆脱了他,走向窗前去。不行,以前已经错了,她失去了他!现在她必须克制自己,不能再错,去破坏一个小天地的宁静，她没有这份权利呵！

"我在开玩笑，"她生硬地说，武装了自己，"你别和我认真吧！"

他走了过来，站在她身旁。

"是吗？是开玩笑？我想也是的。"他自我解嘲地笑笑。

"我敢说，这几年以来，你从没有想到过我，是不是，你想到过吗？"

"哦，"她嗫嚅地，瞪视着夜空中的几点寒星，"我很忙，你知道，"她横了横心，"我根本没有什么时间来思想。我要拍戏，要唱歌，要上电视，要灌唱片……"

她的声音陡地中断了，因为，在一阵夜风的轻拂下，那窗下悬挂的风铃忽然发出一连串的轻响，这打断了她的句子，扰乱了她的情绪。这时，魏德凯惊喜地抬起头来，望着那闪闪发光的风铃，高兴地说："你买了个新风铃！"

"不，这是原来那个风铃！"她说。

"原来那个？"他瞪着她。

"是的，你送的那个，我每天用桐油擦一遍，使它完整如新。"

他静静地注视着她，怎样的注视！她瑟缩了，害怕了，不由自主地，她向后退，泪逐渐地弥漫开来，充盈在眼眶里了。

他向前跨了一大步，他的手捉住了她的手腕，他的声音低沉而喑哑："是吗，盈盈？你每天擦一遍，使它完整如新？是吗，盈盈？"

"放开我，"她轻声说，泪滑下了她的面颊，"我已无权……我不能伤害你的妻子……"她低泣着。泪闸一旦打开了，就一泻而不可止。"我梦过许多次，再见到你，我有许多话想对你说，但是……但是……"她泣不成声，"我已没有这份述说的权利……放开我，求你……"

他捧起她的面颊，深深地凝视她。

"可是……"他慢吞吞地说，"我没有妻子呵。"

"哦？"她带泪的眸子睁大了。

"没有，盈盈，我没有妻子，也没有孩子！曾经沧海难为水，除却巫山不是云，你了解吗？那些关于妻子和儿女的话是我编造出来的，我不能不先武装自己，因为我太怕再受一次伤害。那旧的创痕还没有痊愈，我怕你会再给我一刀，那我会受不了。如果你今晚在电视台不唱那支《风铃》，我是怎样也没有勇气来看你的，你懂了吗？"

"哦？"沈盈盈瞪视着他，那蓄满了泪的眸子好清澈，好明亮，又好凄楚，好哀伤，带着那样楚楚可怜的、祈谅的神情，痴痴地望着他，"真的？"

"真的。"他诚恳地说，继续捧着她的面颊，"我来找你，只想问你一句话。"

"哦？"

"你可愿意和我共用一个小天地吗？"他慢慢地说，"一个小小的小天地。"她注视他，默然不语，但是，泪珠滚下了她的面颊，而一个喜悦的、动人的而又深情的笑容浮上了她的嘴角。那笑容那样使人动心，以至于他再等不及她的答案了,就迫切地把自己的唇紧压在那个笑容上。

房里好静,好静。只有窗前的风铃,发出一连串清脆的叮当。

一九七〇年四月

柳树下

竹风,窗外正下着细雨,这正是"雨横风狂三月暮"的时节。现在是黄昏,窗外那些远山远树,都半隐半现在一片苍茫里。整个下午,我都独自坐在窗前,捧着一杯香茗,静静地沉思,沉思!我真是沉思了好长好长的一段时间,我的思绪始终飘浮在窗外那斜风细雨中。

"门掩黄昏,无计留春住!"我承认,我有些萧索,有些落寞,有些孤独。但是,萧索、落寞与孤独,都是刺激心灵活动的好因素,所以,我又有了说故事的欲望。听吧!竹风,我要讲一个故事给你听,一个小小的故事,关于一个小女孩。听吧,竹风!

一

　　那棵老柳树生长在溪边，有着合抱的树干，有着长垂的柳条。夏季里，它像一个绿色的大伞，伞下，覆盖着一个阴凉的小天地。冬天，它铺了一地的落叶，光秃秃的柳条在细雨纷飞中轻轻飘动，挂了一树的苍凉与落寞。春天，枝上的新绿初绽，秋天，所有的绿色都转为枯黄……再也没有一棵树，像这棵老柳树那样对季节敏感，那样懂得寒温冷暖，那样分得清春夏秋冬。或者，这就是荷仙如此热爱这棵树的原因吧！她曾对宝培说过："这棵树是有感情的，我告诉你，它会哭，它也会笑，它还会说话。"

　　真的，当冬天来临的时候，那些长垂的枝条，挂着无数的雨珠，一滴一滴地滴落下去，你能不信它在哭吗？而春天到了，枝上那一个个淡绿色的小叶蕾，那样兴奋地、喜悦地，迎着初升的朝阳绽放开来，那翠翠的、嫩嫩的绿在阳光下闪亮。你能不信它在笑吗？夏天的时候，枝叶扶疏，一阵风过，那叶条儿簌簌作声，你闭上眼睛，倾听吧！你能不信那树在说话吗？宝培说："你懂得这棵树，它是你的。"这树是她的吗？荷仙不知道，她从不知道这世界上有什么东西是该属于她的。但是，在多少的风朝雨夕，多少的月夜清晨，她却习惯于走到这棵树下，向这棵树倾吐她的心迹，她的悲哀，她的烦恼，她的寂寞，她的快乐，以及她的希望。

　　她向它倾吐一切，这棵树是世界上唯一知道她心底每个秘密和纤维的生物。

而现在,她就呆呆地坐在这棵树底下,夜已深沉,月色朦胧,几点疏疏落落的星光,点缀在黑暗的穹苍里。溪水静悄悄地流着,河面上反映着星星点点的光芒。她坐着,倚靠着那老树的树干。她那长长的头发编成了两条发辫,垂在胸前,那沉静的黑眼珠,一瞬不瞬地看着河面,河面反射的星光和她眼中的泪光相映。她静静地坐着,她的思想沉浸在一条记忆的河流里,在那儿缓慢地、缓慢地流动着,流动着,流动着。流走了时间,流走了一段长长的岁月,她成了一个小女孩。一个小小的女孩。

二

她的名字叫荷仙,因为她生在荷花盛开的季节。她的母亲说:"呵,一个女孩儿!愿她像荷花仙子一样美丽!"

于是,她的父亲给她取名叫荷仙。但是,她的出世带来了什么呢?她还没有满月,母亲就因产褥热而去世了。父亲捧着襁褓中的她,诅咒地说:"荷仙!你这个不祥的、不祥的、不祥的东西!"

四岁,继母来了。继母长得很漂亮,细挑身材,瓜子脸,长长的眉毛,水汪汪的眼睛。她常默默地瞅着荷仙,从她的头,看到她的脚。一年后,继母生了个弟弟,再一年,又生了个弟弟。家中的人口增加了,她那做木工的父亲必须从早忙到晚。六岁,她背着弟弟在河边洗衣服,摔了一跤,摔破了弟弟的头,继母用鞭子抽了她两小时,父亲指着她诅咒:"荷仙!你这个不祥的、不祥的、不祥的东西!"

弟弟头上的创伤好了,她身上的鞭痕还没痊愈。有一支古老的小歌,可以唱出她的童年:"小白菜呀,地里黄呀,三岁整呀,没了娘呀,跟着爸爸,还好过呀,只怕爸爸,娶后娘呀,娶了后娘,三年整呀,生个弟弟,比我强呀,弟弟吃面,我喝汤呀,端起饭碗,泪汪汪呀!……"

七岁,继母的肚子又大了。父亲坐在门前的长板凳上皱眉头,继母坐在一边的小竹凳上择黄豆芽。一边择着,一边轻描淡写地说:"荷仙这孩子,虽然命硬,长相倒是不坏的。反正女孩子家,带到多大也是别人的。上回听前村张家姑娘回娘家的时候说,他们镇上有家姓方的,家里蛮有钱,要买个女孩子,只要模样长得好就行了,出的价钱还不少呢!只怕别人看不上荷仙,要不然,倒也是荷仙的造化呢!"

就这样一番话,就决定了荷仙的命运。于是,在一个寒风飕飕、细雨霏微的黄昏,她跟着那个张家姑姑,在坐了那么长的一段火车之后,来到了这个全然陌生的村落,第一次走进了方家的大门。

她还记得自己拎着个小包袱,瑟缩而战栗地站在方家的大厅内,像个小小的待决的囚犯。那方家的女主人(后来成为她的养母,她叫她"妈"了)用一对锐利而清亮的眸子,上上下下,前前后后地打量她。养母有张细长的脸儿,有对明亮的眼睛,头发乌溜溜地在脑后盘了个髻,穿着身翠蓝色的衣衫和裤子,好整齐、好清爽、好利落的样子。她嘴边带着似笑非笑的表情,声音好清脆,像是小铜匙敲着玻璃瓶发出的叮铃声响:"样子嘛,是长得还不错,只是太瘦了一点,看样子身体不太好,我想要个壮壮的,结实点儿的。要不然,三天两头生病,我可吃不消。"

"方太太,别看她瘦小,倒是从小不生病的。是不是,荷仙?"张姑姑在一边一个劲儿地推着她,推得她一直打着踉跄。

天气冷,她冻得手脚僵僵的,张开嘴来,只是发抖,一句话也没说出来。

"长得挺灵巧的,怎么不说话儿?"方太太仍然似笑非笑地盯着她,"脑筋没毛病吧?"

"啊,才聪明呢,她只是认生罢了!"张姑姑又推了她一大把,"叫人哪!荷仙,叫声妈吧!"

她怔了怔,张开嘴,好不容易地喊了出来:"妈!"

方太太在房里绕了一圈,还没说话,房门陡地被推开了,一个男孩子直闯了进来,背着书包,穿着小学校的制服,一眼看到房里有人,他紧急刹车,收住了往里冲的脚步,一对骨碌碌转着的大黑眼珠,那么新奇地、惊讶地盯在荷仙的脸上。方太太笑了,一把拉过那个男孩子来,她说:"噢,宝培,你倒看看,你可喜欢这个妹妹吗?假若你喜欢,我们就留她下来,将来给你送作堆。(注:台湾习俗,养女与其养兄,在成年后可结为夫妇,俗称"送作堆"。)你说,你喜不喜欢她?说呀!说呀!我们要不要留她下来?说呀,宝培!"

荷仙不由自主地低垂了头,虽然,她对于"送作堆"的意思根本就不了解,但却本能地有份难解的羞涩。低下了头,她又无法控制自己的好奇,偷偷地,她从睫毛下去窥视那男孩子,那明朗的大眼睛,那挺秀的眉毛,那清秀而又调皮的脸庞……发现她在看自己,那男孩子咧开嘴嘻嘻一笑,吓得荷仙慌忙垂下了睫毛,头俯得更低了。方太太还在一个劲地问着:"喜欢吗,宝培?别净站在这儿傻笑!喜欢,就为你留下来,说呀,傻瓜!"

"哦!我……我不知道!"男孩子终于冲出一句话来,接着就对着荷仙又是嘻嘻一笑,背着书包,就一溜烟地跑掉了。

方太太笑逐颜开了。拉着荷仙的手,她笑着说:"好吧,你就留下来吧!"

这是荷仙第一次看到宝培,那年,她七岁,他九岁。

三

养父母没有女儿,宝培是独子。因此,荷仙走进方家来,倒真成了她的造化。养父母家境宽裕,不需要她工作。暑假之后,她就被送进了小学,接受义务教育。宝培比她高两班。

他们一起上学,一起回家。荷仙的功课不会做,宝培教她。宝培在学校里和同学打架,荷仙站在一边掉眼泪。日子一天天地过去,他们比一般亲兄妹的感情更好。宝培珍惜这个突然得来的妹妹,荷仙却在一种几乎是惊喜和崇拜的情绪中,像个小影子般跟随着宝培。一连好几年,荷仙的口头语都是:"宝培说的……"

是的,宝培说的就是法律,就是真理,就是她所依从的规则。她常仰着小脸,那样热烈地看着宝培,听他说话,听他唱歌,听他吹口哨,呵!他的口哨吹得那么好听,世界上没有一个人能赶得过他!他的歌声也是。他的手工也是第一流的,他做的风筝比买来的还好,他用泥巴捏的小人都像活的……他什么都会,什么都强,什么都能,他是她的上帝,她的神,她的主人!

九岁,她跟他到溪边玩,这棵老柳树已经成了他们的老朋友,看着他们在溪边捉迷藏,看着他们在一点儿一点儿地长大。那是夏天,烈日像火般地烧灼着大地,两个孩子都晒得脸颊红扑扑的,额上的汗珠仍然在不断地沁出来。宝培在老柳树下一坐,呼出一口气来说:"太热了,我要到河里去游泳!"

"你去,我帮你看衣服!"荷仙说,当然,宝培的游泳技术也是世界上最好的。

宝培脱掉了衣服和鞋子,只剩下一条短裤,走到溪边,他一蹿就蹿进了溪水中。在水里,他来往穿梭,像一条小小的银鱼。荷仙羡慕而崇拜地看着他,他多能干!他多勇敢!宝培从水中仰起头来,对她叫着说:"这溪水凉极了,好舒服!荷仙,你也下来!"

"可是……可是……"荷仙好犹豫,"可是,我不会游泳哪!"

"你学呀!快下来!"

"很容易学吗?"荷仙有些瑟缩。

"怕什么?有我呢!"小男孩挺了挺胸,一个仰游冲了出去,好逍遥,好自在。

真的,怕什么?有他呢!有宝培呢!怕什么?他是神,他是上帝,他是无所不能!怕什么?他在叫她,他在对她招手,他要她下去。她脱掉了裙子,也只穿一条短裤,走到浅水中,她叫着说:"宝培,我来了!"

就呼的一声,冲进了水中,那样没头没脑地,对着那溪水一头钻了下去。一股水堵住了她的口鼻,她不能呼吸,她不能看,她不能叫。那溪水的寒冽沁进了她的肺腑,迅速地包裹了她。她张开嘴,水从她口中直冲进去,她不由自主地咽着水,窒息使她的头涨痛昏沉,使她的意识迷离飘浮。但是,她不恐惧,她一点儿也不恐惧,她心里还在想着:"怕什么,有宝培呢!"

然后,她失去了知觉。

醒来的时候,她躺在老柳树下面的阴影里,头仍然昏昏的,耳朵里还在嗡嗡作响,她张开嘴,吐出好多水来。于是,她发现宝培正在胡乱地扳动着她,呼叫着她,他那张清秀的面庞好白好白。看到她睁开眼睛,他长长地吐出一口气来,说:"荷仙,你吓坏我了!"

她对他软弱地笑笑,真不该吓坏他的!她好抱歉。

"你没有怎样吧,荷仙?"他跪在她身边,俯身看她,

"你好吗?"

她点点头。

"怕吗?"

她摇摇头,勇敢地微笑着。

"怕什么?"她由衷地说,"有你呢!"

十三岁,她小学毕业,他已经是初中二年级的学生了。穿着中学制服的他,好神气,好漂亮。但是她呢,养母说:"女孩子家,念书也没什么用,留在家里帮帮忙吧!也该学着做做家务事了,一年年大起来了,总要结婚生孩子的!"

学校的门不再为她而开,但她并不遗憾。她知道,自己能读到小学毕业,已经是养父母的恩惠了。她开始学着做家务,做针线,她补缀宝培的制服,帮他钉掉了的纽扣,她常把针衔在嘴中,对着他的衣服低低叹息。在老柳树下,他教她唱一支在学校里学会的歌:"井旁边大门前面,有一棵菩提树,我曾在树荫底下,做过甜梦无数,我曾在树皮上面,刻过宠句无数,欢乐和苦痛的时候,常常走近这树!"他们把头两句歌词窜改了,改成了:"溪旁边小镇后面,有一棵老柳树。"他们就在老柳树下唱着,一遍又一遍,乐此不疲。亚热带的女孩子是早熟的,十三岁的荷仙已经亭亭玉立。两条粗粗的长辫子,宽宽的额,白皙的皮肤,修长的眉,清澈的眸子,揽镜自视,荷仙也知道自己好看。在树下,宝培开始会对着她发愣了,会用一种特殊的眼光,长长久久地注视她。而且,他会提起孩提时养母的戏语来了:"荷仙,妈说过,你长大了要给我做太太的!"

"乱讲！"她说，背过脸去。

"不信？你去问妈去！"

"乱讲！乱讲！乱讲！"她跺着脚，红了脸，绕到树的后面去。

"才不乱讲呢！"他追了过来，笑嘻嘻地，"妈说，等我们长大了，要把我们'送作堆'，你知道什么叫作'送作堆'吗？"

"不知道！不知道！不知道！不知道！……"她一迭连声地喊着，用两只手捂住了耳朵，有七分羞涩，有三分矫情。然后，她一溜烟地跑掉了，两条长长的辫子在脑后一抛一抛的，那扭动着的小腰身已经是一个少女的身段了，成长，往往就是这样不知不觉的，一下子，你就会发现自己长大了。

四

是的，一下子，你就会发现自己长大了。

荷仙十六岁的时候，宝培高中毕业了。

那是个月亮很好的夏夜，老柳树在溪边的草地上投下了婆婆的树影，成群的萤火虫在草丛中闪烁穿梭，明明灭灭，掩掩映映，像许许多多盏小小的灯。河水潺潺，星光璀璨，穿过原野的夜风，从树梢上奏出了无数低柔恬静的音符。夜，好安详。夜，好静谧。

荷仙在老柳树下缓慢地踱着步子,时而静立,时而仰首向天,时而弯下身去拨弄着草丛,又时而轻轻地旋转身子,让那长辫子在空中划上一道弧线。宝培站在河边,望着她。出神地望着她。那款摆着的小腰肢,那轻盈的行动,那爱娇的回眸微笑……这就是那个和他一同长大的小荷仙吗?他不由自主地看呆了,看傻了,看得忘形了。荷仙又弯下腰去了,一会儿,她站直了身子,双手像蚌壳一样合着,嘴里发出一声轻轻的、喜悦的低呼,抬头对他望着,高兴地说:"你来看!"

"什么?"他惊讶地。

"一只萤火虫,我捉住了一只萤火虫!"她说,孩子气地微笑着。

他走了过来。她把合着的双手举起来,露开一点指缝,让他看进去。那萤火虫在她的手中一明一灭,那白皙的、丰腴的小手,指缝处,被萤火虫的光芒照耀着,是淡淡的粉红色。

他看着,捧起了那双手,他眯着眼睛往里看,然后,他的唇盖了下去,盖在那柔软的、白皙的、握着光明的那双手上。

她惊呼,乍惊乍喜,欲笑还颦。手一松,萤火虫飞掉了,飞向了水面,飞向了原野深处,飞向了黑暗的穹苍。她跺跺脚,噘起了嘴,低低地说:"你瞧!你瞧!飞了,飞掉了。都是你闹的!你瞧!你瞧!"

"让它飞吧!"他说,握紧了她的双手,嘴唇在她的手背上紧压着,"只要你不飞就好!"

她害羞了,用力地抽出自己的手来,她再跺跺脚,装出一份生气的样子来,但是,笑意却不受控制地流露在她的眼底唇边。

"你坏!"她说,转过身子,向树后面跑去。

"别跑!"他追过来,"有话对你说!"

"不听!"她继续跑着,发出一串轻笑。

"抓住了你,我要呵你痒!"他威胁着。

"你抓不住我!"

"试试看!"

于是,她跑,他追。绕着那棵大柳树。这就是爱情的游戏,人类的游戏,从我们的老祖宗起,从亚当夏娃开始,这游戏就盛行不衰了。绕了好几圈之后,荷仙的头昏了,而且喘不过气来了。他抓住了她,她跌倒在草地上,仍然笑着,又喘气又笑。他跪在她的身边,把她按在地下,他不住地呵着她的痒,一面笑着说:"看你还跑不跑?看你怕不怕了?"

荷仙扭动着身子,笑得上气不接下气,嘴里乱七八糟地嚷着:"我不跑了,我怕了,饶了我吧!你是好人!饶了我吧!你是好人嘛!"

听她喊得那么甜,宝培不由自主地停了手,但他仍然下意识地按着她。她也没有企图站起来,躺在那儿,她依旧笑意盎然。月光涂抹在她的脸上,发上,身上。两颗星星在她的眼底闪亮。那小小的鼻头,那丰润的、红艳艳的嘴唇,那细腻的、吹弹可破的肌肤……他盯着她看,目不转睛地,迷惑地,惊奇地……然后,他的嘴唇压了下来,一下子就紧盖在她的唇上。

她轻轻地呻吟,又轻轻地叹息。他紧拥住她,吻得她心跳，吻得她脸红，吻得她透不过气来。

"哦！"她终于推开了他，坐起身来，一个辫子松了，披泻了一肩长发，她拂了拂头发，开始重新编结着那个发辫。

"瞧你！瞧你！"她爱娇地说，"你弄乱了我的头发，你坏，你欺侮人！"

"不欺侮人。"他郑重地说，"你知道，你从小就是我的人。"

"不害臊！"她斜睨了他一眼。

"这有什么可害臊的？"他望着她，"我们都要长大，从孩子变成大人。你，也将成为我的妻子，这是件严肃的事，不需要害羞，也不需要逃避。"

她俯下了头，把脸埋在弓起的膝上。

"你在说些什么呀？"她一半儿欢喜，一半儿矫情。

"我在说，要和你结婚。"

她的头俯得更低了。

"我们结婚好吗？"他问，拉住她的手，"等我满二十岁的时候，我们结婚，好吗？好吗？"

她轻笑不答，把头转向一边。

"好吗？好吗？"

他追问着，把她的脸扳过来，然后，他的唇又盖了上去，她倚进了他的怀里，紧紧地，紧紧地，紧紧地。那个刚结好的发辫又松了。

五

　　然后，有一长段时间，老柳树底下失去了两个人的影子，而变得只有荷仙一个人了。宝培去了台北，读大学，只有寒暑假才能回来。荷仙经常一个人徘徊在老柳树底下，拾掇一些过去的片片段段，计划一些未来的点点滴滴。她做梦，她幻想，她回忆。她笑，她流泪，她叹息……对着老柳树说话的习惯，也就是这个时候养成的。老柳树开始分担着她的喜悦与哀愁了。

　　她常常就那样站在树底下，用手指在树干上画着，一面絮絮叨叨地数落："他有一个星期没来信了，你想他会忘了我吗？台北地方那么大，人那么多，他还会记得我吗？他一定不会像我想他那样想我的，要不然他会多写几封信给我！呵呵！他是个没心肝的东西，没心肝的东西……"话没说完，她猛地捂住了自己的嘴，睁大了一对惊惶的眼睛："天啦！原谅我！我怎能骂他呢？我怎能？"用手抱住树干，她把面颊贴在那老柳树粗糙的树皮上。"呵，老柳树，老柳树，你知道我不是真心想骂他的，我那么爱他，怎能骂他呢？怎忍心骂他呢？不过，天哪，让他早点给我写信吧！只要一个字就好了！一个字！"

　　下一天，她会跑到老柳树下，疯狂地抱住树干转圈子，她手中高擎着信纸信封，像个凯旋的武士！她把信纸张开，给老柳树看，嘴里胡乱地说着："你瞧！你瞧哪！他来信了！

他没有忘记我,他没有忘记我呢!他写了那么多,不止一个字呢!我数过了,六百三十一个字!你信吗?不过……"她悄悄地垂下了头,羞红了脸,低低地说:"我希望我能看懂他写了些什么,我希望我不要这样笨就好了!"她叹息,把信纸压在唇上,好低好低地说:"我爱他!呵!我爱他!"

许多个月夜,她呆呆地坐在柳树下,用手抱着膝,把面颊倚在膝上,静静地看着河里的月亮说:"月亮呵,你照着我也照着他,你告诉他我有多爱他,求你告诉他吧!因为我不会写信哪!因为我说不出来哪!求你告诉他吧!"

也有许多个黄昏,她坐在那儿,静悄悄地垂着泪,低低地、埋怨地轻语:"他怎么还不回来呢?这样一天天等下去,我一定会死掉!呵呵,不!我不能死掉,我要为他活着,为他好好地活着!"

对着溪流,她在水中照着自己的影子,顾前盼后,仔细地打量自己,然后对水中的影子说:"你不许瘦呵!你不许变难看呵!他喜欢漂亮的女孩子,你一定要漂亮呵!"

老柳树听够了她那爱情呓语,看多了她那思慕的泪痕。于是,在一天晚上,这树下的影子又变成了两个。那高高大大的男孩子在树底下捉住了她的手,叫着说:"让我看看你!荷仙,让我好好地看看你!一回家,人那么多,我都没有办法好好地看你!"

"看吧!宝培,随你怎么看!看吧!看吧!看吧!"她仰着头,旋转着身子。他看着她,惊奇地,迷惑地。那短袄,那长裤,那成熟的胴体;那刘海,那发辫,那毫无装饰的面庞;那眉线,那嘴唇,那燃烧着火焰的眼睛。他张开了手臂,大声地说:"来吧!你是我的葛莱齐拉!"

"葛莱齐拉?那是什么东西?"她扬着眉,天真地。

"那是拉马丁笔下的人物。"

"拉马丁?"她笑嘻嘻地,"是马车夫吗?"

他扑哧一声笑了。她红了脸。

"我说错话了,是吗?"她问,一阵乌云轻轻地罩在她的脸上,她低低地叹息。

"不,"他说,凝视着她,"你没有说错什么。拉马丁和他的葛莱齐拉距离你太遥远了,那是虚幻的,你是实在的,你不必管什么葛莱齐拉,真的!"

她的大眼睛一瞬不瞬地望着他,她的面容好忧愁。

"呵!"她轻语,"你在说些什么,我怎么听不懂你的话了?"

他瞅着她,失笑了。

"是我不好,不该和你说这些。"他抬起了眉毛,"现在,让我说一句你懂的话吧:我爱你!"

她发出了一声低喊,扑进了他的怀中。他拥着她,那温暖的小身子紧贴着他,那满是光彩的面庞仰向了他,她喜悦地,不住口地说:"你是真心的吗,宝培?我等你等得好苦!好苦!好苦!噢,宝培!你不会嫌我?我是很笨、很笨、很笨的呢!你不会嫌我?"

"嫌你?为什么呢?"他喃喃地说,吻着她,"我永不会嫌你!荷仙!"

她仰首向天,谢谢天!谢谢月亮!谢谢大柳树!谢谢溪水!呵,谢谢这世界上一切的东西!

六

呵!谢谢这世界上一切的东西!真该谢谢这世界上一切的东西吗?

接着,开学之后,宝培又去了台北,这个假期是那样短暂,那样易逝,留给荷仙的,又是等待和等待。朝朝暮暮,暮暮朝朝,魂牵梦萦,梦萦魂牵。她很少写信给宝培,因为提起笔来,她自惭形秽。本来嘛,"相思本是无凭语,莫向花笺费泪行"!她只是把自己那无尽的思念,都抖搂在大柳树下。就这样,她送走了多少个黄昏,多少个清晨,多少个无眠的长夜!

然后,这天早上,当她在菜场上买菜的时候,隔壁家的阿银对她说:"你家的宝培回来了呢,我刚刚看到他!"

一阵呼吸停顿,一阵思想冻结。然后,顾不得菜只买了一半,拎起菜篮子,向家中就跑。呵,宝培!呵,宝培!呵,宝培!快到家门口,她又猛地收住了步子,看看自己,衣衫上挂着菜叶子,带着汗渍,带着菜场上的鱼腥味,摸摸头发,两鬓微乱,发脚蓬松。呵,不行!自己不能这样子出现在他面前,她得先换件衣服,洗净手脸,他喜欢女孩子清清爽爽的。

不敢走前门，怕被宝培撞见。她从后门溜回家，把菜篮放到厨房里，就迅速地回到卧房。换了件白底子小红花的衫裤，对着镜子，打开头发，重新结着发辫。呵，心那样猛烈地跳着，手竟微微地发着抖，那发辫硬是结不整齐。好不容易梳好了头，镜子中呈现出一张被汗水濡湿的、因兴奋而发红的面庞，和一对燃烧着爱情和喜悦的眸子。呵，她必须再洗洗脸。折回到厨房，她把自己发热的面庞浸在水盆中，呵，老天，不要让我这样紧张这样慌乱吧！

养母走到厨房里来了，看到荷仙，她匆匆地吩咐着："快，荷仙，宝培回来了，你快些倒两杯茶送到客厅里去！"

她深吸了口气，是的，倒两杯茶出去，可以掩饰她的窘态和羞涩。她倒着茶，可完全没有想到，干吗要倒"两杯"茶呢？拿着托盘，两杯茶碰得托盘叮叮当当响，自己的手怎么就无法稳定呢？跨进了客厅，心跳到了喉咙口，呵，宝培！猛地收住了步子，她呆住了！宝培正背对着她，脸对着视窗站着，他不是一个人，在他身边，一个身材苗条而修长的女孩子正依偎着他，长发直披在腰际，一件浅蓝色的洋装裹着一个纤细的身子。他的手就环在她那不盈一握的腰肢上。荷仙僵住了，端住托盘的手发软，茶杯发出了更大的叮当声。她失去了意识，失去了知觉，失去了思想的能力。听到声音，宝培回过头来了，发现是荷仙，他笑笑，那样满不在乎地说："嗨！荷仙，茶放在这边小茶几上吧！"

她机械化地走上前去，把茶放了下来，抬起头，她看了那女孩一眼，长长的脸，黑黑的眼睛，一副聪明样。她咽了一口口水，拿着空的托盘，悄悄地退了下去。退到门外，她听到里面那女孩在问："这是谁？长得好漂亮！标准的小家碧玉。"她站住，要听听宝培怎样回答。

"她吗？"宝培轻描淡写地，"我妈的养女，从小买来的。"

"那——和你倒是一对儿，"女孩子嘻嘻地笑着，"青梅竹马，两小无猜呀！"

"别胡说，"宝培讪讪地，"有一次我和她谈拉马丁，她问我是不是马车夫。"

那女孩发出一阵狂笑，笑得格格不停，宝培也笑，两个人的笑声混在一起，笑动了天，笑动了地，在笑声中，夹着那女孩的声音："拉马丁！天！你何不跟她谈谈雪莱、拜伦，或是爱伦·坡！"

他们又笑，真的这样好笑吗？眼泪从荷仙的面颊上滑了下来，她匆匆地离开了那门口，走进了自己的卧室，关上了房门。

一整天，荷仙都把自己关在房内，她没有吃午餐，也没有吃晚饭。养母来看过她，对这从小带大的养女，养母倒有份真心的感情。她不笨，她知道荷仙是怎么回事，摸摸荷仙的额头，她说："大概是中了暑，天气太热了，躺躺也好。"

走出去，她却长长地叹了口气。儿女的事，这时代谁做得了主？孩子念了大学，眼界宽了，荷仙到底只是个乡下姑娘呀！

夜来了，荷仙溜到了老柳树之下。

这就是为什么荷仙坐在老柳树下流泪的原因,为什么对着那溪流,对着那星光发愣的原因。世界已经碎了,草丛中飞的不再是萤火虫,而是梦的碎片。呵,那梦曾如何璀璨过,如今,碎了,碎在拉马丁手里!碎在雪莱、拜伦和爱伦·坡手里!呵,那该死的拉马丁!

那条记忆的河水流完了,荷仙的泪也流完了。站起身来,她把额头抵在树干上。噢!老柳树,老柳树,帮助我,帮助我吧!她的头在树干上痛苦地辗转着,她用手击着树干,她的心那样痛楚着,她的血液那样翻腾着,终于,她对着那棵老柳树,爆发出一连串的呼号:"老柳树呵,你为什么不告诉我,什么叫作拉马丁?什么叫拜伦?什么叫雪莱?什么叫爱伦·坡?我不懂,我不懂,我不懂哪!但是我懂得我爱他,这不够吗?老柳树,这不够吗?我全心,全心,全心都爱他,这不够吗?他为什么还要拉马丁?拜伦和雪莱呢?我不懂呀!但是,我爱他!爱他!爱他!我可以为他死,为他做一切的事,只是我不懂,什么叫拉马丁呀!老柳树,你告诉我,你告诉我,你告诉我嘛!什么叫拉马丁?什么叫拉马丁?什么叫拉马丁?……"她啜泣着,语不成声。她的身子从树干边溜下来,她跪了下去,倒了下去,扑在那草地里。她用手抱住了头,不能自已地痛哭失声。

然后,忽然地,她受惊了。有什么人在她身边跪了下来,有一双结实而有力的手把她从地上抱了起来,她的身子腾空了,好一个温暖的怀抱!她惊惶地把手从脸上拿开,睁开那对泪蒙蒙的眸子,她接触到的是宝培那深情的、歉疚的、痛楚的、满溢着泪的眼睛。她惊呼："宝培！"

"哦！荷仙！"宝培痛心地叫，"我可怜的、可怜的、可怜的荷仙！老柳树不能回答你的问题，但是我可以！不过，首先，你原谅了我吧！原谅那知识给我的虚荣感吧！原谅我，荷仙！"

荷仙不敢信任地看着宝培，她伸出手来，怯生生地碰触了一下宝培的面颊，然后，她低低地叹口气。

"我做了个好可爱的梦，老柳树，"她说，"我梦到他抱着我了。"

他凝视她，然后，猝然地，他俯下了头，吻住了那小小的嘴，他紧紧地吻她，深深地吻她，他的泪水滴在她的唇边。

"唉！"她有了真实感了，"真的是你吗，宝培？"

"当然是我，荷仙，我来找你。"

"但是……但是……但是，"她嗫嚅地，"那个懂得拉马丁的小姐呢？"

"她走了，回台北了。"

"为什么？"

"不为什么。"他耸了耸肩，"当你没有出来吃晚饭，当妈告诉我，你病了一整天，我知道了。我对那位小姐说，拉马丁曾失去葛莱齐拉，而我呢，我不能让我的葛莱齐拉死去。于是，她走了。"

她大睁着一对天真的眸子。

"我不懂你说的。"

"你不需要懂。"他说，再吻她，温温柔柔地吻她，缠缠绵绵地吻她,"正如你说的,我们之间有爱,这就够了!管他什么拉马丁、拜伦、雪莱和爱伦·坡。"

"可是……"她可怜兮兮地说,"拉马丁到底是什么意思?"

"是……"他看着她,"是'我爱你'的意思。"

"拜伦呢?雪莱呢?爱伦·坡呢?"

他沉思片刻。

"一样,全一样。是'我爱你'的意思。"他说,重新吻住了她。

于是,星光璀璨。于是,月影婆娑。于是,风在高歌。于是,水在低唱。于是,老柳树笑了。

一九六九年七月

五朵玫瑰

竹风，请听我这个故事，请听。现在，夜正岑寂，窗外，雨露苍茫。远山远树，是一片模糊，街灯明灭，是点点昏黄。这样的夜，我能做什么呢？

竹风，请听我这个故事，请听。

也是这样的一个深夜，夜雾低垂，天光翳翳，雨雾糅合着夜色，那样暗沉沉，又那样灰蒙蒙。在远离市区的郊野，除了田畦上的蛙鼓和草隙里的虫鸣，几乎所有的生命都已沉睡。夜，被寂静所笼罩，被雨雾所湿透。

而罗静尘却没有睡。

站在那砖造的小屋外的花圃中，罗静尘已在细雨里伫立了好几小时，他的头发、面颊和外衣，都早被雨水浸湿，但他不想移动。就这样站着，听檐间的滴沥，深呼吸着周遭带着玫瑰花香的空气，他双手插在外套的口袋中，伫立着，沉思着。一线幽柔的灯光从他屋内的窗口射了出来，映照在他略带萧瑟的脸庞上,也映照在他身边的几棵玫瑰花上。

雨滴在玫瑰花瓣上闪烁着。

他凝视着那玫瑰花,凝视着那花瓣上的水珠,凝视着那叶梢的轻颤,那水滴的滑落……他凝视得出神了,忘形了——世界上的一切都不存在,所有的美包含在几朵玫瑰花中。

忽然一阵风来,玫瑰花枝陡地摇曳,摇落了无数的水珠,发出一连串簌簌的轻响。这惊动了他,打了个寒噤,他抬头看了看幽暗的天空,初次感到寒意的侵袭。挺直了背脊,深吸了口气,微微酸麻的腿提醒了他站立的久长。他再挺了挺背脊,不由自主地发出一声微喟。夜深了,雨大了,他知道,他该回到屋里去了。

略一沉思,他走到玫瑰花边,摘下了五枝玫瑰。

握着那五枝玫瑰,他回到了房间里。

房间中别无长物,除简陋的桌椅以外,仅一床而已。他走到书桌前面,慢慢地坐下来。把五朵玫瑰一朵朵地排列在台灯下面。玫瑰那嫣红而湿润的花瓣,在灯光下映发着烁亮的色泽,花香馥郁,绕鼻而来。他闭了闭眼睛,沉浸在那股花香里。睁开眼睛,他从抽屉里拿出一沓信纸,提起笔,他开始写一封信,一封没有上款的长信。

我摘了五朵玫瑰,晓寒。

第一朵给你,你好簪在你黑发的鬓边。第二朵给你,你可以别在你的襟前。第三朵给你,让它躺在你的枕畔。第四朵给你,你好插在你梳妆台上的小花瓶里。第五朵,哦,晓寒，不给你，给我，为了留香。留香。是的。让它留在我的身边，让我永远可以享受这股幽香，属于你的幽香，那么，晓寒，就仿佛你永远在我的身畔，从没有离开过我，也从不会离开我。

始终记得第一次见到你的情形，晓寒。在早上，在黄昏，在梦里，在清醒时，第一次见你的情形，都鲜明如昨日。你的一颦一笑，一举一动，也都历历在目。

那是多少年前了？别去管它！时间不是重要的因素，你才是重要的。只记得那是个春天的下午，太阳和煦而温暖，草木青翠，大地在阳光下沉睡。一切都是静悄悄，懒洋洋的，连那轻柔的春风，都带着倦意，吹得人身上痒酥酥的。而那充满花香与泥土气息的空气，却更熏人欲醉。

就是那样一个下午，我们这群大孩子，刚刚跨出大学的门槛，不知天高地厚，充满了满脑子的梦想与用不完的精力。

我们——有小李、小苏、小何，加我一个，小罗，被称为三剑客外加一个达太安的小团体——竟在一次无目的地的郊游中迷途了。我们在灼目的阳光下走了好几个小时，不住口地争辩着留学与就业的问题，每人都有一肚子的牢骚，徘徊在梦想与现实的矛盾中。就在这样的争论里，我们发现迷途了，但并不在乎，只是焦渴难耐，而带来的水壶，早已涓滴不剩。

"我猜绕过这个山脚，前面一定有河流。"小李说。

"你又不是骆驼，难道能闻出水源来？"小苏接话，他们是一碰头就要辩论的，感情偏又比谁都好。

"我不是骆驼，但我有直觉。"

"直觉是天下最不可靠的东西！"

我们绕过了山脚，但没有水源，再绕过了一个，还是没有。小苏有些按捺不住，拍着小李的肩膀，他大声地叫着说："骆驼，你闻到的水源呢？"

"我说过我不是骆驼吗？"

"别吵！"我说，深吸了口气，空气中有一些什么沁人心脾的香味，"我闻到了什么！"

"哈！原来你是骆驼！"小苏转向了我。

"是了，"我说，再深吸了一口气，"是玫瑰花香，好香好香。"

"胡闹！"小苏咒骂着，"玫瑰花又不能解渴！"

"哈，别武断！谁知道呢？"我叫着说，兴奋地指着前面。

我们刚在山坳里转了一个弯，眼前竟豁然开朗，一片想象不到的景致呈现在我们的面前，小苏、小何和小李都呆住了。

那是一大片玫瑰园，使我们惊异的，不是玫瑰园，而是你，晓寒。

你，穿着一身素白的衣裳，站在玫瑰花丛中，被太阳晒得红扑扑的面颊上，闪烁着亮晶晶的眼睛，一头略嫌凌乱而乌黑的浓发，披垂在肩头，而在耳际的浓发间，簪着一朵艳丽的红玫瑰。在你手中，一把浇花的水壶正喷着水，无数的水珠，纷纷洒洒地射向那些花朵。小苏转头瞪着我。

"真有你的！小罗，你怎么知道玫瑰花香会和水源在一块儿的？"

我笑着。望着你。受了我们的惊扰，你抬起头来，你的目光和我的接触了，倏然间，我感到心头莫名其妙地一震，竟然笑不出来了。你的眼睛那样清亮，那样自然而然地流露出一股描绘不出来的天真与宁静。竟使我心中立刻涌上一个念头：这是怎样的一对眼睛！里面该盛载着一个不为人知的世界呢！

这世界定然是没有纷扰，没有烦忧，充满了恬然与安详的世外桃源吧！哦，晓寒，我对吗？在我以后和你的接近中，却真证实了我当初见你第一面时的看法呢！"嗨！"小何已开始和你打招呼，"能不能给我们一些水喝？"

你很快地扫了我们一眼，迅速地微笑了。那微笑在你的唇边漾开，正像一滴颜料溶解在一盆清水中，那样快地使你整个面庞都布满了笑意。如此天真，如此诚挚，又如此可人。

你是上帝的使者，手中捧着甘露，踩着云彩，来到人间，将济世活人。我模糊地想着，却又嗤笑自己把你比喻得还太俗气了。

"要冷开水吗？"你说，微扬着眉，"我到屋里去倒给你们。"

我这才注意到玫瑰园边那栋平凡的建筑，石砌的小围墙，砖造的平房，和种着些扶桑翠竹的院落，是典型的农村住宅。

你转过身子，放下了水壶，轻快地向屋中走去。我怔怔地望着你的背影，那纤细的腰肢，那轻盈的步伐，那在风中飘曳的裙角……我想我是有些忘形了。

"你想得到农家中会有这样的人才吗?"小李在我耳边低声说,"凭她这个长相,在都市里可以吃喝不尽了!"

我不由自主地紧蹙了一下眉,第一次对小李起了强烈的反感,只因他把你亵渎了。

"嗨,小罗,"小苏也朝我凑了过来,"你爸爸不是振华电影公司的董事长吗?你可以代他物色一个好演员了!现在女明星只要脸蛋儿漂亮,教育水准是大可不计较的。这块蓬门碧玉呀,所需要的只是服装和化妆而已。"

我心里的不满更扩大了,我惊奇于小李和小苏等人只看到了你的美丽,而忽视了你身上其他的东西,那份恬然与那份天真。你将永不属于城市,我想着:永不!

你从屋里出来了,手中捧着一杯冷开水,带着一脸的笑意和一脸的歉意,你喃喃地说:"真对不起,只剩下一杯开水,我已经去烧水了,你们要不要到院子里来等?"

"算了,别那样麻烦了,"小何说,"你不论什么水倒点儿来就好了,自来水、井水都可以,还烧……"

小何的话没说完,小李已狠狠地踩了他一脚,踩得小何直叫哎哟。小李就迅速地打断了小何,对你一迭连声地说:"谢谢你,谢谢你,我们是需要一些开水,而且很高兴到你院子里去等。这儿还有几个水壶,麻烦你也帮我们灌灌满,多谢,多谢。"

我从不知道小李是这样油腔滑调的。小苏已接过你手里的杯子,乘我们不注意,全杯水都灌进了他一个人的肚子里。

你抱着一大堆水壶站在那儿,惊异地望着我们,是我们的粗犷,还是我们的旁若无人冒犯了你吗?我好不安。而你,那样不以为意地,那样安详自如地接受了我们给你的麻烦。只是嫣然一笑,就抱着那一大堆水壶转身进去了。

我们走进了你的院子,和一般农家的院落一样,你家的院子里也放着好几张小木凳,我们不需要主人招呼,就自顾自地坐了下来。我的凳子旁边,有两个小篮子,里面放着一些剥了一半的蚕豆荚。料想那是你在浇花之前未完成的工作,我竟下意识地拾起豆荚,默默地帮你剥起来了。而小李和小苏,居然堂而皇之地在你院落中,拿你打起赌来了,他们争着说要请你看电影,打赌谁能获胜。哦,晓寒,你恐怕永远无法了解,我们追女孩子的那份心情,那种无聊,和那种游戏的态度。就在我握着豆荚,沉默地坐在你院落中时,我才第一次想到,我们这些年轻人,是多么缺乏一份严肃的生活态度!

你重新出来了,倚门而立,笑容可掬。

"要等一会儿呢!"你抱歉似的说。

"没关系,我们有的是时间!"小苏说。于是,小苏、小李、小何,他们开始对你家庭调查似的发出一连串的问题。

"你叫什么名字?"

你卷起嘴角,笑而不答。

"说呀,讲讲名字又没关系!"

"张晓寒。"

"大小的小?含蓄的含?"

"是清晓的晓,寒冷的寒。"你仍然笑着。

"哈！你念过书？"

"只念过小学。"

"你妈妈爸爸不在家？"

"爸爸去田里，妈妈死了。"

"你家种什么？"

"蔬菜，还有——玫瑰花。"

"你常去台北？"

"不常去。"

"喜不喜欢台北？"

"不喜欢。"

"为什么？"

"人太多了，车子也太多。"

"跟我们去台北，请你看电影！"

你俯下头，又卷起嘴角，羞涩地笑着，从唇间轻轻地吐出两个字："不去。"

"为什么？"

你摇摇头，没说什么，只是笑。然后，转过身子，你又翩然地走向屋里去了。当你捧着我们的水壶和烧好的开水走出来时，你脸上仍然挂着那个笑：轻盈、温柔，而带着淡淡的羞涩。

"水烧好了。"

你把杯子给我们，并殷勤地为我们一一注满开水，当你走到我身边，把杯子放在地下，弯着腰倒开水时，不知怎么，你鬓边那一朵小小的红玫瑰，竟滚落了下来，刚好掉在我剥好的豆荚篮里，你轻轻地呀了一声，举目看我，微惊微喜微羞地说："你都给我剥好了。"

我拾起了那朵红玫瑰，望着你。

"送我？"我问，声音竟出乎我意料地虔诚。

你的脸不知所以地红了，像那朵小红玫瑰，垂下睫毛，你很快地说："这朵不好，已经谢了。"

"这朵就好。"

你没有说什么，又笑了。哦，晓寒，天知道你有多爱笑！

而你的笑又多么可人！提着水壶，你走开了。而片刻之后，你重新走来，手中竟举着一束刚剪下来的红玫瑰。

"哈！"小李叫了起来，"给我的吗？"

"不，"你的脸嫣红如酒，望着我，"给你！"

我受宠若惊，愕然地接过玫瑰，一时间，竟听不到小李等人哄然大叫的调侃与取笑，只看到你的笑，你的脸红，和你的羞涩。由于小李、小苏等叫笑得那么厉害，你不安了，似乎惊觉到自己做了什么不该做的事情，你蓦然转过身子，奔进门里去了。

"瞧你们！"我责备地说，"把人家给吓跑了！"

"她可真是慧眼独具！"小苏嚷着，重重地拍着我的肩膀，"她准看出你是我们中间最有钱的一个！"

多么恶劣！多么卑鄙！我狠狠地瞪了小苏一眼，从没有这样厌恶过他。

哦，晓寒，这就是我们第一次的见面。那天，你没有再从房里走出来，我们只好在门外高叫着道谢和再见。握着那束玫瑰，我走向归途，仍然没想到你即将在我生命中占据着怎样的位置。我眼前，只一再浮现着你的脸庞；那笑，那天真，与那份脱俗的清丽。哦，晓寒，是谁在冥冥中操纵着人生的遇合，主宰着人类的命运？谁知道那日一见，和几朵玫瑰的牵引，你竟改变了我的一生，从思想到生活，从内在到外在。哦，晓寒，就在那日你赠我玫瑰时，你可曾预料到我们的未来吗？

是的，未来，未来是谁也无法预测的未知数。晓寒，坦白说，在那个春日的午后，我曾以为我们也不过缘尽于一面而已，因为我不相信我还会再遇见你。可是，自那日归来以后，我不知道自己为什么却再也平静不下来，你的形影会那样深深地铭刻在我心中，使我自己都觉得惊奇。我开始揣测你的未来，想象你将来成为一个农家的主妇，哺儿挑菜，汲水洗衣……竟代你感慨，代你不平，代你怨造物之不公，如你生在我这样的家庭，你会有多么不同的命运。

这些感慨，如今想来，都是可笑的。晓寒，那时我还没有深一步地认识你，还不能完全领会你心灵中那份与世无争的超然。让我把话扯回头吧，第二次见到你就不那样"偶然"了。那时，父亲的电影公司开拍了一部新片，我因为要承继父亲的衣钵，在学校里学的又是编导，就顺理成章地，以小老板的身份，挂上了一个"副导演"的头衔。因为片中需要一个玫瑰园的外景，物色了好几个都不中意，于是，我蓦然间想起了你的玫瑰园。

那次，到你家去接洽拍外景的并不止我一个人，还有导演和摄影师。你静悄悄地站在墙角,那样怯怯地微笑着,听着我和你父亲的谈话。你父亲,晓寒,我怎样来形容他呢?一个何等奇异的老人!我至今记得和你父亲的几句对白:"借你们的地方拍电影,我们会付一点钱的。"

"用不着,不要把花糟蹋了就好。花都是活的呢!"

"拍成了电影,你自己也可以看到影片上的玫瑰园,有多美,有多漂亮。"

老人笑了,敏锐地看着我。

"我不是天天看得到吗,为什么要到影片上去看呢?"

我为之结舌,你在一边,忍不住扑哧一声笑了。我再一次领略到你唇边那笑容的漾开,像朝阳下玫瑰花瓣的绽放。于是,我们开始在你的玫瑰园里拍戏了。你忙着为我们烧水倒茶,安安静静地像个不给人惹麻烦的孩子。哦,晓寒,我后来是多么懊悔把这一群人带到你的玫瑰园里来!那些粗手粗脚的工人们,常常怎样拿你开心,取笑着你,一次,竟有一个工人扯住你的衣角不放,你涨红了脸,窘迫得不知所措。那天,我当时就发了脾气,怒斥了那个工人。以后,虽然再没有人敢轻薄你,我却依然对你歉意良深,尤其,当那晚,大家竟摧残了玫瑰园之后。

那晚,是玫瑰园中的一场主戏,男女主角都到场了,那戏的女主角是刚刚蹿红的新人黄莺。人如其名,黄莺娇小玲珑,活泼可爱。可惜的是已染上了一般电影"明星"的派头,有些油嘴滑舌,又喜欢和导演、摄影师、男演员等打情骂俏,贫嘴之处,比男演员还有过之而无不及。平常,是男演员吃女演员的豆腐,她却常常吃男演员的豆腐。那晚,她不知怎么心血来潮,目标对准了我,整晚和我缠搅不清,一会儿叫我小老板,一会儿叫我副导演,一会儿叫我准导演……

闹得我头昏脑涨。而你呢,晓寒,你整晚都那样安静,悄悄地备茶,悄悄地倒水,悄悄地走来,悄悄地隐退……几乎没有任何人注意到你的存在,除了我。而我,只有默默地窥探着你,看着你那轻盈的腰肢,看着你那在暗夜里闪烁的眼睛,看着你那略带窥伺与研判的神情。我说不出我心头所涨满的某种感动的情绪。你,和黄莺,是同一时代的女性,却像来自两个不同的星球。

那场主戏开始了,一个晚上要拍二十几个镜头,十几万瓦的灯光用高架吊着,强烈的光线把玫瑰园照射得如同白昼。

男女主角的一场吻戏足足拍了两小时,一个 NG(重拍)又一个 NG,灯光始终强烈地照射着。你瑟缩地躲在一边,惊奇地看着这一切。玫瑰花的刺刺伤了黄莺,她夸大地娇呼连连,一个工人走上前去,咔嚓咔嚓几剪刀,好几枝玫瑰坠落尘埃,我看到你的眉头倏然一紧,几乎能感到你那份心疼。没有表示任何抗议,你依然瑟缩在墙角,坐在墙根底下,双手抱着膝,瞪大了你那对清亮而无邪的眸子,安安静静地注视着。

哦,晓寒,我已经预料到那些花儿的命运,没有任何花朵能禁得起十几万瓦强光的炙热,而我竟那样自私,那样忍心地不告诉你。戏不能为了几朵玫瑰花而停拍,少拍一个镜头就等于浪费了一大笔金钱。我让他们拍下去,拍下去,拍下去……男女主角在花园里穿梭,工人们在园里践踏,导演跑前跑后……每一次人来人往,必定要折伤好几枝娇嫩的枝丫,每一下轻微的断裂声必定在我心头鞭策一下,而我仍然让他们拍下去,拍下去,拍下去!我是小老板,我不能让工作停顿!

最后,我们终于收了工。黄莺缠绕着我,要我请大家吃宵夜。于是,我们这一大群人,嘈杂地、招摇地上了那几辆大车。我被人群簇拥着,包围着,甚至没有和你说一声再见,更没有检查一下那玫瑰园被摧残的情形,我们就这样呼啸着扬长而去。

当我请大家吃完了宵夜,已经是黎明的时候了,晓月将沉,星光方隐,街道上一片雾色苍茫。大伙儿都散了,我独自站在那空荡荡的街头,看着街灯在雾色里透出的昏蒙的光线,竟忽然想到了你。晓寒,我强烈地想起你,不只你,还有你那可怜的玫瑰园。

是怎样一种心情的驱使?是怎样一份强烈的愿望的牵引?

我竟踏着晓雾,回到你的玫瑰园里来了。哦,晓寒,还记得吗?还记得那个黎明,和那崭新的一天吗?我来了。踩着草地上的露珠,穿过了山坳边的矮树丛,拂开了绕膝的荆棘……

我走进了那玫瑰园里。首先触入眼帘的,就是玫瑰园里那一片凋零的景象,枯萎的花朵,折断的残枝,和遍地的玫瑰花瓣。然后,我看到了你!

哦,晓寒,再也忘不了你当时的模样,再也忘不了,你坐在那花畦上，抱着膝，静静地俯着你那黑发的头，像是睡着了。晓色在你的发际投下了一道柔和的光线，你背脊的弧线显得那样温柔而单弱，竟使我满心充斥着怜惜之情。我放轻了脚步，怕惊醒你，我那样轻轻地走近你的身边。可是，你听到了，你慢慢地抬起头来，举目看我，哦，晓寒，我这才知道你并没有睡！

你的眼睛那样清醒，你的神情那样庄穆。看到了我，你并无丝毫的惊奇，只是那样一语不发地、默默地瞅着我，像是责备，像是怨怼，又像是在诉说着千言万语。我怔住了，一时间，竟无言以对。然后，逐渐地，你的眸子被泪水所浸亮，你的睫毛被泪水所濡湿。我心为之动，神为之摧，只感到心里有几千千几万万的歉疚，却一句话也说不出口，因为言语所能表达的毕竟太少了。我记得我是慢慢地跪下去了，我记得我只是想安慰你，所以轻轻地拥住了你，我记得我想吻去你睫上的泪珠，但却傻傻地捕捉了你的嘴唇。

这是玫瑰园中的另一场戏。也就是在那一刹那，我悟出了一份道理：没有一场戏能演出真实的人生！因为心灵的震动不在戏剧之内。哦，是的，晓寒，我吻了你。在那个雾蒙蒙的早晨，在那个玫瑰花的花畦上，我吻了你。而当我抬起头来，我看到的是你那容光焕发的脸庞，和你那迎着初升朝阳闪烁的眼睛！就是你那发光的脸，和你那发光的眼睛，第一次让我了解了什么是爱情。让我那整个以往的人生，都化为了虚无。没有矫饰，没有造作，也没有逃避，你一任你的眼睛，全盘地托出了你的感情。哦，晓寒，你自己也不知道，你代表了一个多么完整的"真实"!

当太阳升高的时候,我们已并肩在玫瑰田里工作了,我们一起除去败叶,剪掉枯萎的花朵,翻松被践踏了的泥土,扫去满地的残枝。然后,我问你:"告诉我,晓寒,你这一生最大的愿望是什么?"

你沉思,怯怯地看我,然后把眼光落向远方的白云深处。

"说吧!别害羞!"我鼓励着你。

"在那边山里,"你轻声地说,"听说有一块很好很好的地,有很好很好的水源,可以变成一个最好的玫瑰园!"

"我将把它买下来,送给你!"我慷慨地许诺。

你望着我,呆呆地。好半天,你说:"可是,你呢?"

我呢?天知道,晓寒,你问住了我!直到那时,我并没有想到我以后会怎样,和你会怎样。那种知识分子的优越感仍然在我心底作祟。送你一块土地,报答你的一吻之情,不是吗?当时,我的潜意识里,确有这样的念头。何等卑鄙!晓寒,你决没料到我是那样卑鄙的,不是吗?而你用坦白的眸子望着我,那样坦白,那样天真,里面饱溢着你的一片深情及单纯的信赖。我在你的注视下变得渺小了,寒碜了,自惭形秽了。

"你希望我怎样?"我问,我想我问得很无力。

"你最大的愿望又是什么呢?"你说,继续瞅着我。

"写一本书!"我冲口而出,确实,这是我数年以来的愿望,"写一部长篇小说!"

"那么,"你微笑了,"我们造一栋小屋子,你写书,我种玫瑰花!"

我望着你。哦,晓寒,忽然间,我的心怎样充满了欢乐!

我的身上怎样交卸了重重重担!我在刹那间解脱了,成熟了,鼓舞了,振奋了!我肩上生出了翅膀,正轻飘飘地把我带向白云深处!随我翩翩比翼的,是你!晓寒,你将和我一起飞翔,飞翔,飞翔……飞向云里,飞向天边,飞向那海阔天空的浩瀚穹苍!

"走!"我丢下了锄头,拉住你的手。

"到哪里去?"你惊愕地。

"去告诉你父亲,我们要结婚了!"

"这么快!你疯了吗?"

是的,疯了!我为你疯,我为你狂。我将倾注我一生的生命,去筑我们的伊甸园!奔进屋内,我们叫醒了你那正熟睡未醒的父亲。

"我们要结婚了!"我说。

老人用古怪的眼神看着我。

"你在发热,"他说,"这种一忽儿冷,一忽儿热的天气容易让人生病。"

"我没有生病,"我清清楚楚地说,"我要娶你的女儿,我们马上要结婚!"老人注视了我好一会儿。

"是真的?"他问。

"是真的!"我说。

他转向了你。

"你要嫁他吗,晓寒?"

你脸红了，热烈地看了我一眼，你的头就俯了下去。于是，老人明白了，明白了这种从亘古以来，混沌初开的世界里就必然会发生的事情。他又转头向我："你是大学毕业生？"他问。

"是的。"我说。

"她只受过小学教育。"

"是的。"

"你是有钱人家的子弟？"

"是的。"

"她是个穷农夫的女儿。"

"是的。"

"你生长在城里？"

"是的。"

"她生长在乡下。"

"是的。"

"你都知道？"他瞪着我。

"都知道。"

"那么，你还等什么？娶她去吧！我带了她二十年，就是等一个像你这样的傻瓜来娶她的！"老人猛地从床上跳下来，挥舞着双手，"去结婚吧！你们还等什么？"

哦，晓寒，怎样的疯狂！怎样的狂欢！怎样无所顾忌的任性，怎样闪电似的筹备、登记、公证结婚！我瞒住了父母、兄弟姐妹和其他所有的亲友，以免遭遇到必然的反对。一直等到公证完毕，我带着你来到父亲的面前。

"爸爸,这是你的儿媳妇。"

父亲瞪视着我。

"你在说些什么鬼?"

"真的,我们今晨在法院公证结婚了。"

父亲用了十分钟的时间来打量我,再用了十分钟的时间来打量你,然后又用了十分钟来弄清楚我们认识的经过和你的家世,再用了十分钟来证实我们的婚姻。接着,就是一场旋乾转坤的暴风雨,天为之翻,地为之覆。父亲的咆哮和咒骂有如排山倒海般地对我卷来,山为之崩,地为之裂。你像惊涛骇浪中受惊的小鸟,大睁着一对惶恐而无助的眸子,看着我的父亲和我那叫嚣成一团的家人。哦,晓寒,我多么烦恼,多么懊悔,竟把你带到这样一个火山地带!

"你混账!你没出息!你丢尽了我的人!你给我滚出去!我但愿这一辈子再也见不到你!给你受教育,给你读书,要你继承我的事业,你却像个扶不起的阿斗!你给我滚,从今以后,我不给你一毛钱!不管你任何事情,饿死了你也不要来见我!"

"是的,爸爸!"我拉着你退后,"如果我有一天饿死了,我不会来见你!如果我成功了,我会来看你的!"

"成功?哈,成功!"父亲怒吼的声音可以震破屋顶,"你成功!你拿什么来成功?"

"我将写一部书。"

"写一部书?写一部书!哈!"父亲嗤之以鼻,"你还以为你是天才呢!"

我咬紧了嘴唇。

"我将做给你看!"

"做给我看!你做吧!做不出来,就别再走进我家的大门!"

我拉着你出来了,走出了那栋豪华的花园住宅,两袖清风,除了你之外,身无长物。你,晓寒,那样默默地瞅着我,半晌,才轻声而肯定地说:"你会写出一部书来,一部很成功的书!"

哦,晓寒,就是你这句话,就是你这种信赖,鼓起了我多少的勇气和斗志。我知道,即使我失去了全世界,我还会有你,握紧你的手,我说:"晓寒,你嫁了一个很贫穷的丈夫,我们甚至连一个住的地方都没有呢!"

你微笑。哦,晓寒,世界上还有什么东西比你那一瞬间的微笑更美、更可贵的呢?

于是,我们回到了你的家,见了你的父亲。老人马上明白了事情的经过,望着我,他说:"你能做些什么?"

能做什么?惭愧!我不能犁田,我不能种菜。但,我总不能不养活我的妻子!"我明天要去找工作。"

"找工作!"你惊讶地瞪大了眼睛,愕然地看着你的父亲。

"可是,爸呀,他要写一部书呢!"

"写一部书?"老人注视着我,"那么,你还顾虑些什么?去写书吧!我家的田地,足够我们三个人吃呢!去呀!你还发什么呆!先去镇上买张书桌呀!"

就这样,晓寒,我开始了我的著述生涯。可笑吗?我,一个堂堂七尺之躯的男儿，竟靠妻子的花圃和丈人的菜园来维持着。但是，我们没有一个人觉得这事可笑。你，晓寒，你和你父亲，总用那样严肃的眼光来看我的工作，似乎我所从事的是一项至高无上的丰功伟业！因此，我自己也感染了那份神圣感。我写作，写作，写作……不断地写，不停地写，孜孜不倦地写。渴望着有朝一日，能将我奋斗的成果，奉献于你的面前。

那是一段艰苦的岁月，不是吗？但是，在那份艰苦之余，我们又有多少数不出的甜蜜与陶醉！清晨，我们常和晓色俱起，站在曙光微现的玫瑰园中，看那玫瑰花的蓓蕾迎着朝阳绽放，看那清晨的露珠在花瓣上闪烁。我会念一首小诗给你听："爱像一朵玫瑰，令整个宇宙陶醉，爱像一朵玫瑰，让整个世界低回。"

你并不懂得诗，但你总是那样微笑着倾听我念。你的眼光柔情万种地凝注在我脸上，你的面颊焕发着光彩，你的嘴唇丰满而滋润。我望着你，觉得你并不需要了解诗，因为你本身就是一首诗。

吃完早饭，我总是回到屋里去写作，而你呢，忙于家务，忙于玫瑰田里的锄草施肥。忙于洗衣烧饭，你轻盈的身子，常常那样轻巧地穿梭于屋内屋外。我没有看你皱过眉，你总是微笑着。一面工作，一面低低地唱着歌，你最喜欢唱一支我教你的歌曲："天地初开日，混沌远古时，此情已滋生，代代无终息。妾如花绽放，君似雨露滋，两情何缱绻，缠绵自有时。"

虽然我向你解释过这支歌的意义,但我想你并不了解这支歌。你低柔地轻唱,不经心地款摆着你的腰肢,常常配合着流水的朗朗或碗盘的叮当。于是,我觉得,你并不需要了解歌,因为你本身就是一支歌。

黄昏,我写作得很累了,你会拉着我跑到室外,去迎接你荷锄归来的父亲。我们常并肩走在郊野的田埂上,看牧童的归去,看大地的苍翠,再看落日的沉落。你常常对我问些很傻很傻的小问题,像花为什么会开?云为什么会走?瀑布的水为什么永远流不完?我不厌其烦地和你讲解,你睁大了眼睛静静地听,我不知道你到底懂了没有?但,我想那并不重要。重要的只是我们并肩走过的一个又一个的黄昏。晚上,我经常在灯下写作,你就坐在书桌旁边,手里缝缀着衣衫。你额前的短发,那样自然地飘垂着。睫毛半垂,星眸半掩,纤长的手指,有韵律地上下移动。你喜欢在鬓边簪一朵小玫瑰花——那是你身上唯一的化妆品——绽放着一屋子的幽香。我常常搁下笔来,长长久久地凝视你,你会忽然间惊觉了,抬起眼睛,给我一个毫无保留的笑。那笑容和玫瑰花相映,哦,晓寒,你正像一朵小小的红玫瑰花!

那段日子是令人难忘的:甜蜜、宁静而温馨。但是,那段日子对我也是一段痛苦的煎熬。我不敢一上来就尝试写长篇,于是,我写了许多篇短篇小说。从不知写作是这样艰难,多少深夜,多少白天,多少黎明和黄昏,我握着笔,苦苦构思。每完成一稿,我会长舒一口气,如释重负。然后是修改又修改,一遍一遍地审核,一遍一遍地抄写。等到寄出,就像是寄出了一个莫大的希望，剩下的是无穷的期盼和等待。

但是，那些稿子多半被编辑先生退回，我只有将甲地退回的稿子寄往乙地，又将乙地退回的稿子寄往甲地，等到一篇稿子已"周游列国"而仍然"返回故乡"的时候，我绝望，我难堪，我愤怒，而又沮丧。我会捧住你的脸，望着你的眼睛说："晓寒，你的丈夫是一个废物！"

你依然对着我微笑。然后，你会把头倚进我的怀里，用手紧紧地环抱住我的腰。用不着一句言语，我的下巴倚着你黑发的头颅，我闻着你鬓边的玫瑰香气，陡然间又雄心万丈了。哦，晓寒，我要为你奋斗，我要为你努力！噙着泪，我说："晓寒，在那边山里，听说有一块很好很好的地，有很好很好的水源，可以变成一个最好的玫瑰园！"

你抬头看我，眼里也含着泪。

"我要买给你！"

你点头，微笑，信赖而骄傲。

"我知道你会。"你说，丝毫不认为我是个说大话的傻子。

于是，我轻轻地推开你，摊开稿纸，再开始一篇新的小说。

当我的第一篇小说终于在报纸上刊出时，晓寒，你知道我有多高兴！而你，晓寒，你比我更高兴。整日，从清早到晚上，你就一直捧着那张报纸，对着我的名字痴笑。扬着报纸，你不断对你父亲说："爸呀，这是他的名字，他的名字登在报纸上呢！"

你父亲竭力装出满不在乎的样子，却掩饰不住唇边和眼角的笑意,对你瞪瞪眼睛,他呵责似的说:"这有什么了不起,以后他的名字见报的时候还多着呢!"

啪的一声,他开了一瓶高粱酒,对我招招手:"来,我们喝一杯!我们家碰到喜庆节日的时候,总要喝一杯的!"

哦,晓寒,在你们的骄傲下,我变得多么地伟大!我是百战荣归的英雄,我是杀虎屠龙的勇士!再也没有人比我更高,再也没有人比我更强!我醉了,那晚,醉在你们的骄傲里,醉在你们的喜悦里,醉在你们的爱里。

然后,我偶尔会赚得一些稿费了,虽然数字不高,虽然机会不多,却每次都能赢得你们崭新的喜悦。你把钱藏着,舍不得用,拿一个铁盒子装了,每晚打开来看看。我斥责你的傻气,你却笑容可掬地说:"留着。"

"留着干什么?"

"买那块地。"

哦,晓寒,我实在不知道这样微小的数字,要积蓄多久才能买那块地!但你那样有信心,那样珍惜着我所赚的每一元每一分!我不能再说什么,除了更加紧地努力以外。

就这样,两年的时间过去了,在你那永是春天的笑容下,我们的生活里似乎没有遗憾。虽然是粗茶淡饭,却有着无穷尽的乐趣与甜蜜。可是,就在两年后,你的父亲去世了,那忠厚而可亲的老人!临终的时候,他只是把你的手交在我的手中,低低地说:"我很放心,也很满足了。"

我们曾怎样沉浸在悲哀里,怎样在夜里啜泣着醒来,不敢相信老人已离我们而去。你的脸上初次失去了笑容,几度哭倒在我的怀里。你不断重复地说:"我以为将来我们买了地,可以让他享享福……"

"但他已经很满足了,不是吗?"

你攀着我的肩,用带泪的眸子瞅着我,哭泣着说:"我现在只有你了。"

我揽紧了你,把你的头压在我的胸前,用我的双臂环绕着你,我发誓地说:"我永不负你,晓寒,我永不负你。"

老人去世,我们才发现老人的田地早已质押,办完丧事,我们已很贫穷了。除了玫瑰园及这栋小屋外,一无所有。但,幸好我在写作上已走出一条路来,每月稿费虽不多,却足以维持我们的生活。你仍然在辛辛苦苦地积蓄,我也开始着手我的长篇小说了。

日子又恢复了平静,在我们的相爱下,虽平静,却幸福。

这样平静而幸福的日子原应该无尽止地延续下去,不是吗,晓寒?但是,是什么改变了我们的命运?是什么?是什么?竟摧毁了我们那座坚固不移的爱情堡垒,竟毁灭了我的生活及希望,竟从我身边带走了你!

仍清晰地记得那一天,那注定了要转变我们命运的一天。

我们的小屋中,竟来了一位稀有而意外的客人——我那已出嫁了的姐姐!

姐姐嫁了一位富商,她虽不是天生丽质,但在锦衣玉食的生活中,她却被培养得娇嫩而鲜艳。那天,驾着她那豪华的小轿车,她来了!雍容,华贵,花团锦簇,她站在我们的小屋里,使我们的屋子似乎骤然间变得狭小而逼仄了。她四顾地打量着我们的房子,上上下下地看着你,又用那颇具权威性的眼光看我。然后,她怜悯地,同情地,而又大不以为然地说:"静尘,你竟然狼狈到这种地步了!"

"我不觉得我有什么狼狈!"我没好气地说。

"还说呢!"姐姐叹息地说,"你连件像样的衣服都没有吗?你生活得像什么人呢?"

"像神仙!"我说。

"神仙?"姐姐笑了笑,"可以不吃人间烟火呵。但是,你毕竟不是神仙!"

"你来做什么?"我蹙紧了眉,"来嘲笑我吗?"

"不,我来救你。"姐姐说,热烈地抓住了我的手,"跟我回去,静尘,爸爸并不是真的跟你生气,他嘴硬心软,你不该跟父亲一负气就负上这么多年!回去吧,只要你跟这个女人……"她瞟了你一眼,"办个离婚手续,我想,爸爸会原谅你的!"

"胡说八道!"我被激怒了。尤其看到你瑟缩地站在墙边,苍白着脸,惊惶而无助地大睁着眼睛,像大祸临头似的望着姐姐,那样紧张,那样孤独,那样恐惧,又那样楚楚可怜!我挣脱了姐姐,冲到你的身边,把你一把揽进了怀里,大声地对姐姐说:"我用不着爸爸原谅,我也不回去,我更不会离开晓寒,今生今世,我永不离开她!或者,我这份感情是你所不了解的,姐姐,因为你从来没有过!但是,我告诉你,在晓寒身边,我很知足,我们的世界并不贫穷,相反地,姐姐,我们比你富有,因为我们的世界里有爱!你懂吗?现在,请离开我的家,回到你的金丝笼里去!请再也不要来打扰我们的生活!"

姐姐瞪视着我,仿佛我是个病入膏肓的人。

"你疯了!"她说,"爸爸公司里有那样好的工作给你做,有好日子给你过,你偏要为了这样一个无知识的乡下女人,牺牲一切,你是着了什么魔?"

"请你尊重晓寒!"我喊,"她是我的妻子!"

"我知道她是你的妻子,我以为你这场热病发了这么多年,也应该过去了……"

"不幸,这场热病永不会过去,直到我老死的一天!"

"哼!"姐姐冷笑了,"你以为你们这种爱情多么经得起考验吗?"

"当然!"

姐姐咬住了嘴唇,沉思了一会儿,忽然转向了你。她的眼光锐利地盯在你的脸上,很快地说:"晓寒,我要直呼你的名字了!你以为,一个好太太应该耽误她丈夫的前途吗?"

你在我怀中惊跳,嗫嚅着说:"我……我……"

"你看,晓寒,"姐姐继续说,"你根本和静尘不配,你难道不知道?他已经是个作家了,而你是什么?你连字都不认得几个!他出生在高贵的家庭里,你只是个乡下女人!他有学问有见识有风度,你却连打扮自己都不会!看你那身土里土气的衣服,那朵莫名其妙的玫瑰花……"

"够了,姐姐!"我吼叫着,"请你出去!晓寒的美不是你能欣赏的,也不是你能了解的!你别在这儿做破坏工作,你走吧！请走！"

姐姐不走。她凝视着我，说："真想不到，静尘，你是真的爱着她呢！"

"当然是真的！"

"那么，"姐姐再度上上下下地打量你，忽然兴奋了起来，"静尘，我有个意见。"

"我们不需要你的意见！"我说。

"静尘，你是怎么了？"姐姐蹙紧了眉，"无论如何，我来这一趟是为了你好，不管说话多么不中你的意，我总不是恶意，是不是？我告诉你吧，我来，是因为爸爸最近身体不好，他虽不说，我们都知道他在想你，他有份大好的事业等着你去继承，为了一个晓寒，你们犯不着这样水火不容！现在，你既然说什么也不肯放弃晓寒，我认为，我们可以改造晓寒，使爸爸肯接受她……"

"晓寒不需要改造！"

"需要的，而且可以改造得很好！"姐姐胸有成竹地望着你，"晓寒，你该去念点书，再去买几件像样的衣服，我教你如何化妆，你长得很美，再加几分修饰，你会变成个不折不扣的美女，至于风度仪表和谈吐，只要你跟我生活一段时间，我想我都可以教会你。一个好太太，不能把她的丈夫拖在泥潭里，而该帮助他成功。你想想，假若将来静尘成为举世闻名的大作家，以你现在的情况，如何去匹配他？"

"姐姐，你说够了没有？"我问，"很抱歉，知道你是好意，但是，我无意于改变我的生活，我也不想承继爸爸的衣钵，你不必多费心机了！"

"静尘，你会后悔的！"姐姐有些生气了。

"我不会。"

"好吧，你这个不识抬举的东西，你就跟着这个乡下女人去滚屎蛋吧，我再也不管你的事了！"

"不管最好！"

"哼！"

姐姐拂袖而去了。

好一会儿，我们家里那么静，听不到一点儿声音。姐姐的脂粉味始终飘荡在室内，她带来的那股压力也没有消散。然后，我扳转了你的身子，让你面对着我，这才发现你苍白的面庞上竟泪痕狼藉！我惊愕地喊："晓寒！"

你用手蒙住了脸，爆发了一阵压抑不住的啜泣。我想拉开你的手，你却周身抖战地喊："不！不！不！"

"晓寒，"我焦虑地拥住你，急切地说，"你千万不要为姐姐的话难过，你知道我就爱你这份淳朴和真实吗？现在，擦干你的泪，不要再哭了，这件事已经过去了，以后我们谁也不许再提起它！"

你仍然哭泣不已。

"听到了吗，晓寒？假如你希望我高兴，就不许再伤心了。放下手来，让我看你！"

你怯怯地放下手来，悄悄地举目看我。

"答应我不理会这件事，嗯？"

你俯首不答。

"擦干眼泪，嗯？"

你顺从地用衣角擦了擦眼睛。

"好了，一切都过去了，我们还照旧过我们的日子吧！"

是的，我们又照旧过我们的日子了。只是，从此，你脸上失去了原有的那股欢乐气息，你唇边再也看不到那安详而恬静的微笑，你眼里也不再焕发着光彩……哦，晓寒，直到那时，我仍不知道姐姐这番话对你的影响力那么大，竟刻骨铭心地敲入你的灵魂深处！

那件事发生后的第二天晚上，你来到我的书桌旁边，坐在那儿，轻声地对我说："你教我念点书，好吗？"

我有些惊讶。事实上，自从我们结婚之后，我已陆续教了你许多东西，我训练你读我的小说，训练你帮我抄写，训练你认深奥的字和一些成语。那时，你已学到了很多，你甚至可以读一些浅易的小说。

"我不是一直在教你吗？"我说。

"不，你给我上课，有系统地教我，好不好？"

"你是不是受了姐姐的影响？"我问。

"念书总是好事，是不是？"你闪动着眼睑，"姐姐讲得也对，我该充实自己的学问。"

你说得有理，我没有不让你读书的理由，我答应了。谁知，第二天你就去镇上，买了一套初中的语文课本来，急切地求我教你。那些课本对你来说，还太浅了，你很快地念完了前三本，又贪婪地读着后面的几册。你的努力用功使我惊奇，而你那惊人的颖悟力却使我更加惊奇，我这才发现，你是怎样一块未经琢磨的璞玉！有个聪明的学生是对老师的鼓励，我教得快，你学得更快，那年夏天，你已读完了初中课程，而秋天，我们就开始进行高中课本和简单的诗词学习了。

哦，晓寒，如果我那时知道姐姐的来访就是我们厄运的开始，而我给你的教育竟会导致你离开我，那么，我当时的处置就会完全不同了。哦，晓寒，我再也没料到你那温柔的外表下，却隐藏着那样争强好胜的一颗心！我更没有料到，你下死命地用功读书，竟是你"彻底改变"的第一步！哦，晓寒，如果我能未卜先知，如果我能预测未来，那有多好！

让我接下去说吧。

那年冬天，姐姐忽然来了一封长信，又重申上次拜访的意思，苦口婆心地劝我回家去，信尾，她却很技巧地写着："不管怎样，我们姐弟不该为父母的固执而失和，我喜欢你，也喜欢晓寒，何不来我家小住？或者，让晓寒来住几天，给我机会，把她引见给爸爸，说不定爸爸会改变以前对晓寒的看法呢！总之，家庭的和睦，父子的亲情，都不是你该置之度外的，你是读书人，难道连这点道理都不懂？……"

我承认，看完这封信，我确实有一刹那的动摇。但是，回忆起当时被逐的一幕，回忆起父亲对我写作的轻视，我又强硬了。无论如何，我还没有写出我的书来，我还没有在文坛上立足，我也还没有成功！我不能回去，而你，晓寒，我决不认为我的父亲能接受你！

我把那封信丢进抽屉里，置之不顾。几天之后，我就把这封信给忘怀了。可是，一天，当你帮我收拾书桌的时候，这封信却落进了你的手里。我现在还清楚地记得你拿着信来质问我的样子。

"为什么你不理她，静尘？她很有道理，是不是？"

我惊讶地看着你，因为，我一直认为你是瑟缩而腼腆的，根本不会愿意再尝试去见我的父亲！但是，我看到的你，却有那样一张坚决而勇敢的小脸，那样一对闪亮而激动的眼睛。

"你不懂，晓寒，别再去碰爸爸的钉子了，他永远不会接受你的，你知道吗？他也永远不会了解我的，你知道吗？他虽是我的父亲，对我的了解还远不及你父亲多，你懂吗？"

"但是，你要给他了解你的机会是不是？"你攀住我的脖子，用一股可爱的、不容抗拒的神情望着我，"最起码，你不该和你姐姐生气，她总没对你做错什么，我们明天去看她好吗？"

"你忘了，她曾经侮辱过你！"

"我不像你那样容易记仇，也不像你那样小心眼。而且……"你垂下睫毛，神情萧索地说，"她也没有侮辱我，我本来就是个无知无识的乡下女人嘛！"

"嗯，"我叹息着点了点头，"最起码，她已经唤起了你的自卑感了！"

"怎样？"你重新缠住了我，"我们去吗？亲戚之间，应该来往的，是不是？而且，我们的朋友那么少，你瞧，我有时也怪寂寞的……"

"我们应该要个孩子。"我说。

你的脸红了红，抬起眼睛，祈求地望着我。

"去吧！"你说，"不要再计较以前的事了，宰相肚里好撑船哪，是吗？"

我望着你。

"好，我们去，"我说，"纯粹是为了让你高兴！"

于是，我们去了。于是，我们和姐姐恢复了来往。于是，你有了一个闺中密友。于是，你不常待在家里了。于是，我发现，你变了。

第一次发现你强烈地改变了，是在一个晚上。那天你单独去姐姐家做了一整天的客，在那时候，你已经常去姐姐家做客了，有时甚至于住在那儿，因为，像姐姐说的，我们家太偏僻了，晚上，你不该在黑暗的田野里走夜路。那晚，我也以为你会住在姐姐家里，但，你却回来了！

"看！静尘，"你一进门就嚷着，"看我的新衣服！看！"

我抬起头来，忽然觉得眼前一亮。你站在房间正中，屋顶的灯光正正地照射着你。哦，晓寒，怎样形容我那一霎时的感觉！你，穿了件黑丝绒的旗袍，襟上扣着一个亮晶晶的别针，长发绾上了头顶，做成许多松松的发卷，而在那发卷半遮半掩的耳垂上，坠着两串和襟上同样花色的亮耳环。你施过了脂粉，事实上，那时你早已学会了搽脂弄粉，只是平日你都没有化妆得那样浓艳。你画了眼线，染了睫毛，那对大大的眼睛显得更大更亮，更深更黑！哦，晓寒，你确实美得夺人！我想，我当时是完全被你震慑住了。我深吸了口气，瞪视着你，一时竟说不出话来。

"哦，静尘，我美吗？这样打扮好吗？"

你在我眼前轻轻旋转,举步轻盈,姿势优美。你那美好的头微向后仰,露出颈部柔和的线条。两串耳环在你面颊边摇晃闪烁。我忽然看出,你的动作那样优雅,那样高贵,完全像经过训练的服装模特!我不由自主地又深吸了一口气,喃喃地说:"哦,她真的成功了。"

"谁成功了?"你问。

"姐姐。"

"怎么?"

"她改造了你!"

你停在我面前,一股淡淡的幽香从你身上传了出来,虽然我对香水从无研究,但我知道这必然是法国最名贵的产品,姐姐的梳妆台上不会有廉价香水!你扬起睫毛,静静地看着我,说:"这样不是很好吗,静尘?我现在才知道,即使有九分姿色,也需要三分打扮。如果你觉得我改变了,我想这是一个好的改变,使我在你和你家人面前,不再自惭形秽。我带给你的,也不再是耻辱和轻视。是的,静尘,我变了,我努力地自求改变,为了好适应你,好报答你对我的一往情深!"

哦,晓寒,我无言以答!我注意到你用字的文雅,注意到你修辞的不俗。事实上,这是你逐渐改变的,只是,在那晚以前,我并没有注意到。我盯着你,紧紧地盯着你,一句话也说不出来。

"怎么了?"我惊吓了你,你看来十分不安,"静尘,你不喜欢我这样打扮吗?如果你不喜欢,我就改回头,还我旧时衣,着我旧时裳!"

你很巧妙地改变了我才教过你的两句诗,使我不由自主地为你心折。哦,晓寒,你的聪明,你的智慧,你的美丽,是救了你,还是害了你?

"不,晓寒,"我终于开了口,"如果你喜欢这样装扮,就这样吧!只是,你使我觉得这房子太简陋了,也太小了。"

"哦,静尘,"你热烈地说,"我们可以把这房子和地卖掉,搬到台北去住。"

我望着你,如果我对你有痛心的感觉,只在那一瞬间。我没有流露出我的感觉,只淡淡地说:"你不要那玫瑰园了?"

你忽然笑了,声音清脆如夜莺出谷。

"哦,静尘,"你边笑边说,"我总不会一辈子卖玫瑰花的!"

我想起了一个名叫《窈窕淑女》的电影,一位教授如何把一个卖花女改变成公主。现在,我面前的你,就已不再是个卖花女,而是个公主了。我奇怪我心头并无喜悦之情,相反地,却有一层厚而重的阴影。我知道,晓寒,那时我已知道,我即将失去你了。

当第二年春天来临的时候,你的改变就更加显著了,你开始闹着要搬往台北,当我严词拒绝以后,你就常常不在家了。你不再关心你的玫瑰,你忍心地让它们憔悴枯萎,以至于失去了你的主顾。你每天打扮得花枝招展,把你当初辛辛苦苦积蓄下来要买地的金钱,全用在脂粉和服装上面。你开始抱怨生活太苦,抱怨钱不够用,抱怨我没有生财之道。然后,一天,你兴冲冲地从外跑来,对我喊着说:"静尘,静尘，你猜怎么，姐姐决定要让我在爸爸面前亮相了！"

"亮相！"我蹙紧眉头，觉得你用了两个很奇怪的字。

"你看，姐姐有一番很戏剧化的布置。她说，爸爸当初只见过我一面，我又是一股土土的样子，他一定早不记得我的样子了。姐姐说，这个星期六，她要请爸爸去吃饭，让我盛装出去见爸爸，不说我是你太太，只说我是张小姐，要进你们公司去演电影的，看爸爸怎么表示。如果爸爸很欣赏我，我也不要说穿，只是常常去看爸爸，等爸爸真的很喜欢我了，我再揭穿谜底！"

"哼，"我冷笑了一声，"姐姐可以做编剧家了，这倒是个很好的喜剧材料！"

"这不是很好吗？"你依然兴高采烈，"静尘，我告诉你，我有把握会博得你父亲的喜欢！"

"假若一见面就被爸爸识破了呢！你们别把他想象成老糊涂。"我冷冷地说。

"如果识破了，我也有一套办法。"

"什么办法？"

"我只和他装小可怜样儿，说好话，为以前的事道歉，他再严厉，也会消气的。何况，姐姐说，他现在已经不生我们的气了。"

"别失掉你的傲气吧！"我没好气地说。

"在长辈面前，还谈什么傲气呢！"你振振有词，"干吗这样板着脸？我这样做，还不是为了你！如果你和爸爸讲和了，我们就什么问题都解决了，可以搬到台北去，也可以不再住在这个破房子了!"

我放下了笔,坐正身子,那天,这是我第一次正眼看你。

我想我的眼神相当严厉,你瑟缩了,畏怯了。低下头去,你喃喃地说:"人总是要往上走的嘛,安于现状等于是自甘退步!"

我深深地望着你。

"我要进步的,晓寒,"我深沉地说,"但是要靠我自己的力量,不靠我父亲!"

"但是,你还不是靠了我的父亲?连我们住的这栋小屋,还是我父亲的,你又谈什么傲气呢!"

哦,晓寒,你攻入了我最弱的一环。我闭上了眼睛,感到心里有种难言的痛楚,在逐渐地扩大中。我的脸色使你吃惊了,你猛然抓住了我的手,喊着说:"原谅我,原谅我,我不是有意要刺伤你的!"

我睁开眼睛,揽住了你。我说:"听我说,晓寒,我不知道你能不能了解。我可以接受你父亲的帮助,因为他是我的知己,他信任我,他看重我,他了解我,这种帮助,是有着尊重的情绪在内的。而我的父亲,他给我的感觉是,我在他面前是个乞儿!"

你瞅着我。

"我就是要帮助你父亲来了解你呀!"

"你真的是吗?"我忧愁地看着你那姣好的脸庞,"你不是的,晓寒,你自己都不了解我。现在,你做这件事只是为了你的虚荣而已。"

"我要证实我不是你家人认为的那样糟糕呀！"你无力地说，又垂下了睫毛。

"这又何尝不是虚荣！"我说，望着你。你白皙的前额，你长长的睫毛，你美好的鼻子，和你那小的嘴……一阵强烈的心痛对我猛地袭来，我一把抱紧了你，不能遏止自己突发的战栗。我喊着说："晓寒，晓寒，回头吧，回复那个原来的你吧！让我们再过旧日的生活，无忧、无虑、甜蜜、安宁……让我们回复以往吧！求你，晓寒，不要再去姐姐那儿，不要去参与那个计谋，醒醒吧，晓寒！不要从我身边走开！"

你哭了，你挣扎着说："我并没有要从你身边走开！我只是要帮助你，只是要帮助你！"

"但是，你会离开我的。"

"我不会，我决不会！"

我不再说话，因为我知道已无法挽回。哦，晓寒，我那鬓边簪着玫瑰花，终日笑容可掬的小妻子何处去了？

于是，你仍然去参加了那次宴会。

出乎我的预料，你和父亲的那次见面竟意外地成功。据说，你那天表现得雍容华贵，文雅有礼，谈笑风生。父亲做梦也没有把你和当日那个可怜兮兮的小媳妇联想在一起。你美丽，你活泼，你征服了在座的人，你也征服了我父亲！

那晚，你兴奋地回来，笑倒在我的怀里。

"我成功了！我成功了！你父亲直说我眼熟，问我是不是参加过你们公司的演员考试？你猜他要我做什么？他叫我明天去公司试镜呢！"

我默然不语,只精神恍惚地闻着你身上的香味;不是玫瑰花香,而是脂粉与酒香的混合。我知道,你明天一定会去。

望着你那发光的眼睛,那神采飞扬的面庞,哦,晓寒,我也知道了,那试镜一定会成功!

第二天,你整天整夜都没有回家,我并不担忧你的安全,我可以想象你的忙碌:试镜、应酬、谈话、吃饭、宵夜……

然后,夜静更深,你已无法回到这荒郊野外。想必,你会睡在姐姐为你准备的绫罗锦缎之中,做一个甜甜的"准明星"之梦。而我,那夜枕着手臂,听阶前冷雨,听窗边竹籁,一直到天明。

第三天的晚上,你终于回来了,另一个崭新的你!周身都燃烧着喜悦、兴奋和野心!你雀跃着,绕屋旋转,激动地对我嚷着:"哦,静尘,我从不知道生活是这样多彩多姿的!我以前都算是白活了!"

停在我面前,你把那燃烧着的眸子凑到我眼前:"走吧,静尘,我们搬到台北去,那儿有一份全新的生活在等着我们!"

我用双手捧住了你的脸,痛心而忧愁地看着你,低沉地,一字一字地说:"别忘了,我就是从那种生活里跳到你身边的!"

你转动着美丽的大眼珠,困惑地看着我,你脸上的笑容消失了。半响,你才用充满了怜悯及感动的语气说:"哦,静尘,我现在才了解你为我牺牲了一些什么,但是,别烦恼,我会补偿你!"

我心里一阵紧缩,顿时间兴味索然。我们之间的距离,已那样遥远了。放开了你,我走向窗边,咬住嘴唇,回忆着你手持浇花壶,站在玫瑰花丛中的样子。看不出我的伤感,你追到我的身边:"你没有问我,我试镜通过了,你知道吗?"

"我已料到了。"我语气冷淡,"你告诉爸爸你是谁了没有?"

"何必这么早就说呢?等你父亲对我有信心的时候再说吧!你知道他要我在新戏里演一个角色吗?他给我取了一个艺名,叫丁洁菲,这名字好吗?他说改为丁姓,如果按笔画排名,永远占优势!"

"设想周到!"我打鼻子里说。

"你有没有想到我会有这一天?"你仍然兴致勃勃。

我想起第一次见到你时,小苏曾说过:只要你有服装与化妆,必成为电影明星!那时我曾怎样嗤笑于他们的庸俗,我曾怎样自信地认为,你将永不属于城市!但是,如今,晓寒,你的恬然呢?你的天真呢?你那与世无争的超然与宁静呢?我想着,想着,想着……一股酸楚从我的鼻子里向上冒,我猛地车转了身子,叫着说:"晓寒,晓寒,千万不要去!那种生活并不适合你,相信我,晓寒!我的小说已快完稿了,我会改善我们的生活,我会养活你,但是,请你回来吧!影剧界是个最复杂的环境,那不是你的世界,也不是你的单纯所能应付的!听我的话,晓寒!"

你瞪视着我。

"哦,"你说,"你也是那种自私的丈夫,你不愿意我有我自己的事业,你只想把我藏在乡下,属于你一个人所有!"

这是谁灌输给你的观念?姐姐吗?我咬了咬牙,感到怒火在往上冲。

"你总算承认你是为了自己的事业去笼络爸爸,而不是为了我了!"我尖刻地说。

"我本来是为了你!"你叫着,眼里充满了泪水。

"既是为了我,就放弃这件莫名其妙的傻事!"我也大叫着。

"我不!"你喊,猛烈地摇头,"我要去,我喜欢那个工作,我喜欢那些人,我喜欢那种生活,你没有权利剥夺我的快乐,更没有权利干涉我的事业!"

我一把抓住了你的手腕,用力地握紧了你,我的眼睛冒火地盯着你那张倔强的脸。

"我不许你去演那个戏,如果你去了,我们之间也就完了。"

你睁大了眼睛,不信任似的看着我。

"你是说真的?"

"真的!"

你咬紧嘴唇,你带泪的眼睛阴郁地望着我的脸,我们就这样彼此对望着,僵持着,好半天之后,你猛地挣脱了我的手,用力地一甩头,你的头发拂过了我的面颊,像鞭子般抽痛了我的心灵。你咬牙切齿地从齿缝里迸出了几个字:"我并不稀罕和你生活在一起!"

一切都完了。晓寒,我就这样失去了你。

第二天早上，你带走了你的衣物，离开了这栋小屋，这栋属于你父亲的房子。从此，再也没有回来过。哦，晓寒，你就这样走了，一无留恋，一无回顾，你挺着你的背脊，昂着你骄傲的头，去了。我目送你的离去，眼光模糊，而内心绞痛。我知道，我那安详的、满足的小妻子——晓寒——是已经死了。离开我的，不是晓寒，而是那新崛起的明星——丁洁菲。

　　从此，不再是有光有热的日子。从此，是寂寞的朝朝暮暮与漫漫长日。在痛苦中，在煎熬里，我的第一部小说出版了。该感谢这种痛苦与煎熬，这本书里充满了最真挚的血与泪。在书的扉页上，我写着："献给我逝去的爱妻——为了她给我的那些幸福的日子——"这时，丁洁菲的名字已经常见报，"一颗闪亮的新星"，他们这样称呼你。我常在报上看到你的照片，正面，侧面，全身，半身……那些照片对我都那样陌生，我常困惑着，不知道我是不是真的认识过你。甚至于，和你共同生活过那么些年。在深夜，在清晨，我经常伫立在玫瑰园中，一遍又一遍低呼着你的名字：晓寒，哦，晓寒。

　　我的书出版了，也曾希冀它能将你带回我的身边，也曾渴望看到你走回这小屋的形影。但，我失望了，你的声名正如日中天，你不会再记起我。小说的出版并没有带来你，却带来了金钱与名誉，再有，就是姐姐——就在今天下午，她出现在我的小屋里。

　　"静尘。"姐姐一阵风似的卷进来，满脸的兴奋与笑容。

"爸爸终于知道晓寒的身份了。"

"哦,是吗?"我淡漠地说,我并不关怀。

"爸爸叫你回去,他说,你毕竟是有眼光的,以前是他错了。他说,现在你成了名作家,晓寒成了名演员,一切好极了,他要给你们补行婚礼,一个隆重的婚礼,招待所有的记者。而且,他还要送你们一幢小洋房作结婚礼物呢!"

"哦,是吗?"我的眼光望向窗外,"晓寒怎么说呢?"我尽量不让语气里流露出我的感情。

"噢,静尘,晓寒是个好女孩,她一直住在我家,没有做过任何对不起你的事。她心里仍然是爱着你的,你怎么在书的扉页上咒她死呢?现在,你只要去安慰安慰她,说说好话,道个歉,包你就没事了!"

"她到底说过什么?"我烦躁而不耐地问,"她赞成爸爸的安排吗?"

"当然啦,这样总比你们在这小屋里喝西北风好!"

我离开了窗边,慢慢地走到书桌前面,打开抽屉,我取出了一张签好名的离婚证书,和一张支票,递给姐姐。这是我早就准备好了,本来预备寄给你的。

"请转交给晓寒,支票是为了向她购买这幢小屋的,离婚证书是她需要的,免得我耽误了她的前程。"

姐姐瞪视着我,瞠目结舌。

"你脑筋不清楚了吗?"

"是的,我脑筋从没有清楚过!以前,我爱过一个名叫晓寒的女孩子,现在你们却叫我和丁洁菲结婚。你去转告丁洁菲,我不能背叛晓寒。"

"你是疯了!"姐姐喃喃地说,"写小说把你的头脑写昏了!"

是的,晓寒,我是疯了。世界上像我这样的疯子,大概没有几个。姐姐走后,我就一直坐在书桌前面,默默地沉思着。我想你,晓寒,我强烈地强烈地强烈地想你,晓寒。那轻盈的脚步,那鬓上的玫瑰花香,那低柔的歌声,和那碗盘的叮当。哦,晓寒,你怎会从这世界上逐渐消失,我又怎会失去了你?

黄昏时,下起雨来,雨声淅沥,像你的歌。哦,我想你,晓寒。

晚上,我在玫瑰园中久久伫立,花香依旧,人事全非。哦,我想你,晓寒。

我摘了五朵玫瑰。做什么呢?我望着玫瑰,百无聊赖。

呵,五朵玫瑰!

第一朵给你,你好簪在你黑发的鬓边。第二朵给你,你可以别在你的襟前。第三朵给你,让它躺在你的枕畔。第四朵给你,你好插在梳妆台上的小花瓶里。第五朵,哦,晓寒,不给你,给我,为了留香。

是的,留香。我毕竟还有这股玫瑰花香!

罗静尘写完了。

天已经完全亮了,黎明时的曙光早就从窗外涌进了室内,把整个房间都填得满满的。罗静尘放下笔来,挺了挺背脊,一层厚而重的倦意对他包围而来,他眼光模糊地望着桌上的五朵玫瑰，不由自主地发出一声长长的叹息。扑下身子，他把头伏在桌上，用手腕枕着。他倦极了，倦得不想移动，深吸着那绕鼻而来的玫瑰花香，他又叹口气，然后，他睡着了。

这时，却有个女人正疾步走在屋外的田畦上！

然后，那女人停在房门口。

她鬓发微乱，她面颊苍白，她因疾步而喘息，她的眼睛大而不安，闪烁着奇异的火焰，她手里紧握着一张离婚证书及支票。站在那门口，她深深呼吸。然后，似乎是鼓足了勇气，她推开了门。

站在门前，她迟疑地望着那依然亮着台灯的书桌，和那桌上仆伏着的人影。张开嘴，她想喊，却没有喊出口。犹豫片刻，她轻悄地来到桌前，颦眉地凝视着桌上的五朵玫瑰，再凝视那张憔悴的、熟睡的脸庞。然后，她发现了桌上那沓长信。

身不由己地，她在桌边的一张椅子上坐下来，开始一页一页地读着那封信。

她终于看完了。放下信笺，她抬起睫毛，深深地望着那熟睡的脸孔，她的眼睛湿润而明亮。

罗静尘在睡梦里转动着头，不安地呓语、叹息，然后忽然间醒了过来。

睁开眼睛，他看到了她。微微地蹙了一下眉毛，他用力地眨了眨眼，再看向她。她不言也不语，只是默默地迎视着他的目光，泪珠在她睫毛上闪亮。

好半天，谁也没有说话。最后，她那泪珠终于在睫毛上站不住脚,而滑落在白皙的面颊上。这使他震动了一下,张开口,他才轻声说:"你是谁呢?丁洁菲吗?"

"不,是张晓寒。"她低低回答。

"你从哪儿来?"

"从我来的地方来。"

"要到哪里去呢?"

"听说,在那边山里,有一块很好很好的地……"她幽幽地说。新的泪珠不断地从她眼眶里涌出,她却不眨动睫毛,只定定地把目光凝注在他脸上。"有很好很好的水源,可以变成一个最好的玫瑰园。"

于是,我们的故事结束了。

于是,当若干天后,有一群人,要找寻那新成名的作家,和那传奇式成了名又失踪了的女演员,他们来到了这栋小屋。

屋中一无所有。只在那简陋的书桌上面,排列着五朵玫瑰。令人惊奇的是,那五朵玫瑰虽已枯萎,那花瓣却仍然奇异地呈现着鲜艳的色泽。

一九七〇年十二月八日黄昏

心香数朵

竹风,前面我讲了一个关于玫瑰花的故事给你听,如果你对它还不厌烦,我愿为你另外再讲一个,一个也是关于玫瑰花的故事。

这故事的关键是一束玫瑰——一束黄玫瑰。竹风,让我说给你听吧!

最初,这故事是开始在中山北路那家名叫"馨馨花庄"的花店里。馨馨花庄坐落在中山北路最正中的地段,是家规模相当庞大的花店,店里全是最珍贵的奇花异卉,和假山盆景。

店主人姓张,假如你认识他,你会发现他是个充满了幽默感和诗情雅趣的老人,他开设花店的目的,似乎并不为了谋利,而在于对花的欣赏,也在于对"买花者"的欣赏。平常,他总坐在自己的花店中,看那些花,也看花店门口那些穿梭的人群。

这是冬天,又下着雨,气温可怕地低。街上的行人稀少而冷落,花店里整日都没有做过一笔生意。黄昏的时候,张老头又看到那个住在隔壁巷子里的,那有对温柔而寥落的大眼睛的少女,从花店门口走过。这少女的脸庞,对张老头而言,是已经太熟悉了。她每天都要从花店门口经过好几次,到花店前的公共汽车站去等公共汽车,早上出去,黄昏回来,吃过晚饭再出去,深夜时再回来。或者,因为她有一张清灵娟秀的脸庞,也或者,因为她有一头乌黑如云的秀发,再或者,因为她那种寂静而略带忧郁的神情,使张老头对她有种奇异的好感。私下里,张老头常把她比作一朵黄玫瑰。张老头一向喜欢玫瑰,但红玫瑰艳丽浓郁,不属于这女孩的一型,黄玫瑰却雅致温柔,刚好配合她。

她很穷,他知道。只要看她的服装就知道了,虽是严寒的冬季了,她仍然穿着她那件白毛衣,和那条短短的浅蓝色的呢裙子。由于冷,她的面颊和鼻子常冻得红红的,但她似乎并不怕冷,挺着背脊,她走路的姿势优美而高雅,那纤长苗条的身段,那随风飘拂的发丝,别有股飘逸的味道。张老头喜欢这种类型的女孩子,她使他联想起他留在大陆的女儿。

这天黄昏,当她经过花店时,她曾在花店门口伫立了片刻,她的眼光温柔地从那些花朵上悄悄地掠过去,然后,那黑亮的眸子有些暗淡,她低下了头,难以察觉地轻轻叹息,是什么勾动了那少女的情怀?她看来是孤独而憔悴。是想要一束花吗?是无钱购买吗?张老头几乎想走过去问问她,但他刚刚从椅子里动了动,那女孩就受惊似的转身走开了。

雨仍然在下着,天际一片昏蒙。这样的晚上是让人寥落的,尤其在生意清淡的时候。晚上,张老头给花儿洒了洒水,整理了一下残败的花叶,就又无事可做了。拿了一个黑瓷的花盆,他取出一束黄玫瑰,开始插一盆花,黄的配黑的,别有一种情趣,他一面插着花,心里一面模糊地想着那个忧郁而孤独的女孩。

门上的铃蓦地一响,有顾客上门了,张老头不由自主地精神一振。抬起头来,他看到一个高高瘦瘦的年轻人,推开了那扇门,却犹犹豫豫地站在门口,目光恍惚地逡巡着那些花朵,似乎在考虑着应不应该走进来。张老头站起身子,经过一整天的等待之后,见到一个人总是好的,他不由自主地对那年轻人展开了一个温和而带着鼓励性的微笑。

"要买花吗?进来看看吧!"

那年轻人再度迟疑了一下,终于走了进来。张老头习惯性地打量着这位来客,年纪那样轻,顶多二十二三岁,一头浓黑而略显凌乱的头发,上面全是亮晶晶的小水珠,他是淋着雨走来的。浓眉,大眼,清秀而有点倨傲的脸庞,带着股阴郁而桀骜不驯的神态。这年轻人是有心事的,是不安的,也是精神恍惚的。那件咖啡色的鸡皮夹克,袖口和领口都早已磨损,窄窄的已洗白了的牛仔裤,紧紧地裹着修长的双腿,脚上那双破旧的皮鞋上已遍是泥泞……哦,他还是穷苦的。

"哦,我想要一点……要一点……要一点花。"那年轻人犹豫地说,举棋不定地看看这种花,又看看那种花。

"好的,"张老头笑嘻嘻地说,"你要哪一种花?"

年轻人皱了皱眉，不安地望着那形形色色的花朵，咬咬嘴唇又耸耸肩，终于轻声地，自言自语地吐出了一句："我也不知道呢！"

"这样吧，"张老头热心地说，"你告诉我是要做什么用的，插瓶？插盆？还是送人？"

"哦，是送人，是的……是送人。"年轻人嗫嚅着说，一股心神不定的样子，仍然无助地环视着周围的花朵。

"是送病人吗？"张老头继续问，看那年轻人的神情，很可能他有什么亲人正躺在医院里，"百合，好吗？要不然，兰花、万寿菊、马蹄莲、太阳花、茶花……"

"唔，不好，我想想……"年轻人摇着头，左右四顾，那漂亮的黑眼睛闪烁着。忽然间，他看到了张老头正插着盆的黄玫瑰，像发现了新大陆一般，他喜悦地叫了起来，"对了，玫瑰！黄玫瑰！就是黄玫瑰最好，又高雅，又绮丽，只有她配得上黄玫瑰，也只有黄玫瑰配得上她！好了，我要买一些黄玫瑰。哦，老板，你能每天给我准备一束黄玫瑰吗？"

"每天吗？"张老头颇有兴味地研究着面前这年轻人，那脸庞上正燃烧着喜悦，眼睛里闪耀着希望。这是怎样一张生动的、富感情的，而又充满活力的脸！那阴郁的神情已消失了。"哦，当然啦，先生，我会每天给你准备一束。"

"那么，要多少钱？"年轻人不经心似的问着，似乎对金钱是满不在乎的，一面从夹克口袋里掏出一个破破烂烂而又干干瘪瘪的皮夹子来，"我一次预付给你。"

"哦，先生，你必须告诉我每一束花要多少朵？"

"二十朵吧!"

"二十朵吗?"张老头狐疑地看了那瘦瘦的皮夹子一眼。

"这花是论朵卖的,每一朵是三……"张老头再扫了那年轻人一眼,临时改了价钱,"是两块钱一朵。"

"什么?"那年轻人像被针扎了一下,惊跳了起来,"两块钱一朵!那么二十朵就是四十块,一个月就要一千二!哦,我从没买过花,我不知道花是这样贵的,哦,那么,算了吧,我——买不起!"他把皮夹子塞回了口袋,满脸的沮丧,那片阴云又悄悄地浮来,遮住了那对发光的眸子。摆了摆手,他大踏步地向门口走去,一面又抛下了一句:"对不起,打扰你啦!"

他已经推开了门,但,张老头却迅速地叫住了他:"慢一点,先生!"

年轻人回过头来。

"你不必每天买二十朵的,先生,"张老头热烈地说,他不太了解自己的心情,是因为一整天没有主顾吗?是因为这绵绵细雨使人情绪不稳定吗?还是因为这坦率而鲁莽的年轻人有股特别讨人喜欢的地方?总之,他竟迫不及待地想要做成这笔生意,哪怕赔本也不在乎。"你每天买十朵就可以了,反正你送人,意义是一样的,那不是省了一半的钱了吗?"

"可是……可是……"年轻人拂了拂他的乱发,坦白地看着张老头,"我还是买不起!"

"那么,你出得起多少钱呢?"

"哦——"年轻人又掏出了他的皮夹,看了看,十分为难地说,"我只有三百二十块钱。"

三百二十块!他总还要留一点零用钱坐坐车子,或备不时之需的。张老头心里迅速地转着念头,目光落在那些花朵上。是的,谁能给花儿估一个确实的价钱呢?花儿及时而开,原本无价,千金购买一朵,可能还侮辱了花儿。而且一旦凋谢,谁又再肯出钱购买呢?花,怎能有个不变的价钱?算了,权当它谢了!

"我卖给你!"张老头大声说,"不是三百二十元,是两百五十块,你留一点钱零用。每天十朵,我给你包扎好,你今天就开始吗?"

"哦哦,"年轻人喜出望外,有点儿手足无措了,"你卖了吗?两百五十块吗?"

"是的,"张老头慷慨而坚定地回答,"你要不要自己选一选花?是要半开的,全开的,还是花苞?"

"噢,我……我……"年轻人结舌地说着,还不大肯相信这是事实,终于,他的精神突然恢复了,振作了一下,他兴奋地说,"要那种刚绽开几个花瓣儿的!"

"好,那种花最好看。"张老头选出了花,"我给你包漂亮点。"

"哦,等一下,老板。"那年轻人忽然又犹豫起来了。

"怎么,还嫌贵吗?"

"不,不是。"年轻人急忙说,脸上却涌起了一片淡淡的羞涩,"你……你可以代我送去吗?"

"送去?"张老头为难了,当然,他雇了好几个专门送花的人,但是,这种半送半卖的花,再要花人工去送,说什么也太那个了。那年轻人似乎看出了他的为难,立即又迫切地接了口:"你看,老板,并不要送多远,就在你隔壁这巷子里头,四十三号之五,哦,不不,是四十三号之三,送给一位小姐……"

哦!他明白了!张老头脑中迅速地浮起了那少女的模样,那清灵娟秀的女孩!那迷蒙忧郁的大眼睛,那孤独落寞的形影……哦,那朵小黄玫瑰!而这年轻人却选了黄玫瑰送她!怎样的眼光!怎样的巧合!张老头抑制不住心里一阵莫名其妙的喜悦和激动,他瞠视着面前这年轻人;漂亮中带着点儿鲁莽,率直中带着点儿倨傲,再加上那股热情,那股真挚,那股不顾一切的作风,和那股稚气未除的羞涩……哦,他欣赏他!这样的男孩子是该配那样的女孩子!君子有成人之美,他何必在乎几步路的人工!

"噢,我知道了,是那位有长头发的、大眼睛的小姐!她常从我花店门口经过的。"

"是的,是的,就是她!"年轻人热烈地说,"你送吗?"

"没问题!每天一束!你要我什么时候送去呢?"

"晚上!哦,晚上不好,晚上她要去上班。早上,好,就是每天早上。"

"好的,我一定每天早上送去,那就从明天早上开始了?"

"是的,麻烦你啦,老板。"年轻人付了钱,"一定要给我送到啊!"

"慢点,先生,"张老头提醒他,"你不要附一张卡片,写个名字什么的吗?"

"噢,对了。"年轻人抓了抓自己的乱发,坐了下来,对张老头递给他的卡片发了一阵呆。

然后,提起笔来,他在那卡片上龙飞凤舞地写了几行字:

心香数朵,祝福无数!
　　　　一个敬慕你的陌生人
　　　　　　倪冠群敬赠

站起身子,他把卡片递给张老头。

"这样就行了!"

原来他根本还没结识那女孩哪!张老头感叹地接过卡片,怎样一个鲁莽任性的男孩子呀!

"每天都写一样的吗?"

"是的!"

"好吧!"张老头对他笑笑,不自禁地说,"祝你成功!"

年轻人也笑了,那羞涩的红晕不由自主地染上了他的面颊,转过身子,他推开玻璃门,大踏步地走向门外的寒风和雨雾里去了。张老头目送他的身影消失,倚着柜台,他呆呆地站了好一会儿,手里握着那张卡片。然后,他又笑了,摇摇头,他对着那卡片不住地微笑,心里充塞着一种暖洋洋的感情。半天之后,他才走去选了十朵最好的黄玫瑰,拿到柜台前面,他举起来看看,觉得花朵儿太少了,又添上了两朵,他再看看,满意地笑了。用一根黄色的缎带,他细心地把花枝扎住,再系了一个好大好大的蝴蝶结。把卡片绑上之后,他不能不对那把黄玫瑰由衷地赞美,好一束花,你身上负有多大的重任啊!拿一个瓶子,注满了水,他把这花先养在瓶中。

明天一早的第一件事,将把这束花送去。他退后三步,对那束花深深地颔了颔首:"记住,要达到你的任务啊,你带去了一颗男孩子的心哪!"

又是下雨天!

筱蓝起了床,对着窗外的雨雾无可奈何地叹了口气,这雨要下到什么时候为止呢?天气一直不能好转,冒着那冷雨凄风,白天去上课,晚上去上班,都不是什么好受的事情。生活又那样枯燥,那样烦恼,所有的事情都令人厌倦,母亲的缠绵病榻,功课的繁重,工作的不如意……还有那个该死的林伯伯!

甩了甩头,不要去想吧,先抛开这些烦恼的思绪吧!生活的本身就是一连串的艰苦与无奈呀!今天早上第一节就有课,别迟到才好。匆匆地梳洗,匆匆地弄好早餐,母亲从卧室里走了出来,她那风湿的老毛病一到这又下雨又阴冷的天气就发作得更厉害,连她的背脊都佝偻了。坐在餐桌上,她望着行色匆匆的筱蓝,不由自主地叹了口气,慢吞吞地说:"昨儿晚上,林先生又来过了。"

"你是说林伯伯!"筱蓝强调了"伯伯"两个字。

"伯伯就伯伯吧,"母亲再叹了口气,"筱蓝,我知道你不爱听这话，但是，我看你就嫁了他吧！"

"妈妈！"筱蓝喊，垂下了睫毛。

"你瞧，筱蓝，自从你爸爸死了之后，我们生活是一天比一天困难了，靠你每天晚上当会计，赚的钱实在是入不敷出，而我又是三灾两病的。林先生年纪虽然大一点，人还是个老实人……"

"妈！"筱蓝打断了她，"他实在不是我幻想中的那种男人。妈，让我们再挨一段时间，等我大学毕了业……"

"筱蓝，别傻了，你还要两年才毕业呢！只怕到那时候，你妈早死了！"

"妈，求你别这样说，求你！"筱蓝哀恳地看着母亲，多年来母女相依为命，她最怕听到母亲提"死"，"你让我考虑考虑，好不好？"

"你已经考虑了一年了。"

"我再考虑一段时间，好吗？"

"唉，筱蓝！"母亲盯着她，眼眶里一片雾气，"我真不愿勉强你，但是，我们家实在需要一个得力的男人，你就想开点吧，女孩子迟早是要嫁人的，林先生最起码可以给你一份安定的生活，免得你每晚出去奔波，至于爱情，爱情是可以慢慢培养的！你平心而论，林先生又温和，又有耐心，哪一点不好呢！"

"我承认他是好人，"筱蓝低低地说，"但他却完全不是我梦想中的白马王子！"

"梦想！你梦想中的王子又是怎样的呢？年轻、漂亮、热情、勇敢，骑着白马而来，送上一束玫瑰？"母亲嘲弄地说。

"或者是的。"筱蓝迷蒙地望着窗外的雨丝，眼光里包含着一个忧郁的梦。

"但是，傻孩子，那只是梦呵，而你却生活在现实里！你可以不做梦，却不能避免现实！"

"我知道。"筱蓝也叹了口气，站起身来，拿起桌上的课本，"我要去上课了，回来再谈吧！"

门铃及时地响了起来，母亲急急地往卧室里钻："如果是来收米账的，告诉她我不在家。"

筱蓝摇了摇头，勉强地走向门口，脑子里在盘算着如何向收米账的人解释。拉开了门，她立即呆住了，门外，是亲自捧着一束黄玫瑰，笑容可掬的张老头！

"哦，哦，这是做什么？"筱蓝结舌地问。

"我是馨馨花庄来的，有位先生要我送来这束玫瑰。"

"可……可是，这是给谁的？"

"给你的，小姐。"

"你没有送错吗？"筱蓝怀疑地问。

"怎么会送错呢？那位先生说得清清楚楚的。"张老头笑意更深了。

哦，是了，准是那个林伯伯！他居然也学会送花这一套了。筱蓝有些兴味索然，接过了花，她不经心地说："是个胖胖的先生向你买的，是吗？"

"哦，不是，"张老头急忙说，"是个年轻人，像个大学生的样儿，挺漂亮的呢！"

189

说完，他不再看自己留下的影响是什么，就微笑着转身走了。这儿，筱蓝愕然地看着那束包装华丽的黄玫瑰，满怀的困惑与不解。然后，她发现了那张卡片，取下来，她喃喃地念着上面的句子："心香数朵，祝福无数！一个敬慕你的陌生人——倪冠群……天知道，这个倪冠群是谁呀！"

母亲从卧室里伸出头来。

"是谁，筱蓝？"

"有人送了我一束黄玫瑰。"

"谁送的？"

"我也不知道，我根本不认识他！"筱蓝说，走去找花瓶，一面低低地自语了一句，"说不定那个白马王子竟出现了呢！"

盛了一瓶子水，把玫瑰插进瓶中，她注视着那些花朵，想起自己刚刚的话和思想，就禁不住满脸都可怕地发起烧来了。

一束突如其来的黄玫瑰，一个陌生人，一束心香，无数祝福，带给筱蓝的，是整日的精神恍惚，几百种揣测，和几千种幻想。那个像大学生的年轻人！他怎样注意到她的呢？他可能在街上看过她，可能是同校高班的男同学，可能常和她搭同一辆公共汽车上学，也可能是她工作所在地附近的男孩子。他怎会知道她的住址？可能是打听出来的，也可能跟踪过她。哦，可能这个，可能那个……几百种可能！

一整天就在这些可能中过去了。新的一日来临时，新的一束玫瑰花又到达了筱蓝的手中，她已不只是惊奇，简直是迷惑了。第三日,第四日,第五日……一束束的黄玫瑰涌进了筱蓝的闺房,整栋房子里到处都弥漫着玫瑰花香。母亲无法再沉默了,注视着筱蓝,她严肃地说:"坦白说出来吧,筱蓝,这个倪冠群是你的男朋友吗?你就是为了他而不愿嫁给林先生的吗?"

"哎呀,妈妈,我发誓不认识这个倪冠群,你没有看到他的签名吗?他也自称是'陌生人'呀。"

"谁知道那是不是你们玩的花枪呢!"

"妈妈!"筱蓝恳求似的喊,"我真的不认识他!"

"难道他送了一个星期的玫瑰花,还没在你面前露过面吗?"

"从没有过。"

"那么,这该是个神经病了!你最好当心一点儿,这种神经病不知道会做出些什么事来!"

筱蓝不语,掉转头去看着桌上的玫瑰花。神经病?或者这是个神经病!但是,唉!她在心中长长地叹息,她多想认识这个神经病呀!

半个月过去了,玫瑰花的赠送始终没有停止。筱蓝开始习惯于在每天早上接受那束黄玫瑰了,而且,她发现自己竟在每天期待着那束黄玫瑰了。从早上起床,她就会那样怔忡不安地等着门铃响,生怕有一日它不再响,而离奇的黄玫瑰就此停止,不再出现。这种恐惧比那赠送者是个神经病的恐惧更大,更强烈。而且,她也发现自己变了。她常常那样精神恍惚,常常做错了事情,常常不自觉地微笑,不自觉地唱歌，不自觉地堕入深深沉沉的冥想中。这种变化逃不过母亲的眼睛，她点着头，沉吟地说："看样子，这玫瑰花上必然有着精神病的传染菌，我看，筱蓝，你也快成神经病了。"

这玫瑰花不但引起了母女两人的不安，还使那位林先生大大不以为然。

"我主张报警！"他大声地说，"凡是莫名其妙的事情都没好事，谁知道它会带来怎样的灾难！"

"噢，林伯伯，"筱蓝立即说，"请别管它吧！"

"别管它？"那追求者瞪大了眼睛，"难道你不害怕吗？"

"害怕？"筱蓝红着脸，眼睛亮得好迷人，"谁会去怕几朵花儿呢？"她笑了，笑得甜甜的，醉醉的。她的眼光幽幽柔柔地落在那几朵花儿上。于是，那反应迟钝的追求者，也大惑不解地看出一项事实：他竟斗不过那几朵莫名其妙的玫瑰花！但是，到底谁是那送玫瑰的人呢？二十天之后，筱蓝终于红着脸，羞羞涩涩地跨进馨馨花庄的大门。站在那些花儿中间，她几乎不敢抬起睫毛来，低低地、局促地，她含混不清地说："老板，我……我有件事想问问你。"

"是的。"张老头微笑地说，用欣赏的眼光，得意地望着面前那张娇羞怯怯的脸庞。玫瑰花对她显然是好的，他模糊地想。它们染红了她的双颊，点亮了她的眼睛，还驱除了她脸上的忧郁和身上的落寞。有什么药物能比这些花儿更灵验呢？

"你常常送玫瑰花到我家。"筱蓝轻声地说。

"是的，我知道。"

"能告诉我那个买花的先生的地址吗?"

"哦,抱歉,小姐,我也不知道呢!他订了一个月的玫瑰花,钱都是预付的,我也没有再见过他。"张老头坦白地说,注视着那张颇为失望的脸孔,"不过,小姐,我想等到一个月结束的时候,他一定会再来的!"

"如果……如果……如果他再来的时候……"筱蓝嗫嚅着说,"请你……"

"我知道了,小姐,"张老头笑嘻嘻地说,"我会告诉他,请他亲自把玫瑰花送到你家里去!"

筱蓝的脸蓦然间烧到了耳根,转过身子,她赶快跑出了馨馨花庄。剩下张老头,仍然在那儿咧着嘴,嘻嘻地笑着。

筱蓝走出了花店,迎着扑面而来的冷雨,她的脸上仍然热烘烘的。这是晚上,她必须去上班,她走向了公共汽车站,站上有许多人在等车,她的目光悄悄地从人群中掠过去,是这个人吗?是那个人吗?唉,她心里又在低低叹息,她是怎样全心全意地等待着那个陌生人啊!

一个月终于过去了,张老头送完了最后一束玫瑰以后,就整天株守在花店中,等待着那个年轻人的出现。如果他估计得没有错误,他料想是那年轻人该露面的时候了。

这是星期天,一个好日子,张老头模糊地想着,那女孩没有去上课,也不必去上班,等倪冠群来的时候,他可以告诉他:"你直接去吧,她正等着你呢!"

他真想看到倪冠群听到这句话之后的表情,会是惊?是喜?是高兴?是失措?他眼前不由自主地浮起倪冠群那张年轻鲁莽而热情的脸,在这张脸旁边,却是筱蓝那羞涩的、腼腆的、娇羞怯怯、含情脉脉的脸庞。噢,多么相配的两个孩子!

是了,他该为他准备一束黄玫瑰,他会需要一束花,来掩饰他初次拜访时的羞窘。

张老头准备了玫瑰花。

但是,上午过去了,中午也过去了,下午又过去了,倪冠群却一直没有出现。难道这孩子已忘记了送玫瑰花的事?难道那莽撞的傻小子又见异思迁地爱上了另一个"陌生女孩"?难道他穷困潦倒,无法续购玫瑰花,就干脆来个避不见面?难道他只有五分钟的热情,如今那热度已经消退?张老头有几百种怀疑,也有几百个失望,而那孩子是真的不露面了。唉,张老头叹着气,他不知道明天他还该不该继续送那"心香数朵"?

晚上,张老头已放弃了希望,而且坏脾气地诅咒着那阴雨绵绵的天气,他觉得自己的生活是太单调了。他告诉小徒弟,准备提早打烊,这样阴冷而恶劣的气候,不会再有顾客上门了。就在他准备关门的时候,忽然间,一个矫捷的身影迅速地穿过了对街的街道,像一股旋风,他猛然间旋进了馨馨花庄的大门,站在那儿,他满头雨雾,气喘吁吁。

"哈!你总算来了!"张老头眼睛一亮,精神全恢复了。他瞪视着倪冠群,和那天一样的装束,一样的乱发蓬松,一样的浓眉大眼,所不同的,是今晚的他,全身都充斥着某种不寻常的怒气。

"我要来问问你，老板，"倪冠群盛气凌人地说，"你帮我送过了玫瑰花吗？"

"当然啦，一天都没有间断！"张老头爽朗而肯定地回答。

"那么，你把那些花送到什么地方去了？"倪冠群大声地问，高高地扬起了他那两道浓黑的眉毛。

"怎么，就是你要我送去的那位小姐的家里呀！"张老头困惑了，不自禁地锁起了眉头。

"那位小姐！天，你送到哪一位小姐家里去了？"

"就是隔壁巷子里，右边倒数第三家，那个有着长头发大眼睛的女学生呀！"

"哎，错了，错了，完完全全地错了！"倪冠群重重地跺着脚，暴跳如雷，"我要送的是倒数第四家，那个叫忆梅的小姐呀！"

张老头愣在那儿，他想起来了，在那巷子里，确实有一个衣着华丽的少女，那是××舞厅的红舞女，经常有各种漂亮的小汽车在巷口等着接她，也经常有人来订成打的名花异卉送到她家里去。忆梅？或者她的名字是叫忆梅！只是，如果他早知道送花的是她，如果他早知道……他看着倪冠群，满怀的喜悦之情都从窗口飞走了。

"你说我送错了？"他语音重浊地说。

"是的！我今天打电话去，人家说从来没有收到什么玫瑰花，你让我闹了个大笑话！"

"但是，我没有送错！"张老头喃喃地说，轻轻地摇着头。

"你是什么意思？"倪冠群更加没好气了。

"你不信去看看,在那巷子里倒数第三家,有位小姐收了你一个月的玫瑰花!"

"哎呀,我的天!"倪冠群猛然想起花束上所附的卡片。

"这误会是闹大了,什么心香数朵,祝福无数!哎呀,我还签了自己的名字呢!不行,这误会非解释清楚不可!真糟,偏偏那家也会有个小姐!哦,老板,你说是倒数第三家吗?"

"是的,是的,那小姐很感激你的玫瑰花呢!哦,等一下,倪先生,你何不再带一束花去,算是对这个错误致歉,解释起来也容易点儿。至于这束黄玫瑰,算是我送给你的。"

倪冠群想了想,烦恼地摆了摆头,就一把接过了张老头手里的花束,转过身子,他毫不犹疑地向门外冲去。张老头在他身后直着脖子喊:"倪先生,解释的时候委婉点儿呀,别让人家小姐不好意思。"

倪冠群根本没在意这两句话,他只想三言两语地把事情解释清楚,至于那位小姐,有什么可不好意思的呢?走进了巷子,他大踏步地向巷中走去,数了数,倒数第三家,他停在一栋小小的、简陋的砖造平房前面。与这平房比邻而建的,就是忆梅那漂亮的花园洋房。

他伸手按了门铃,站在那儿,他举着一束黄玫瑰,下意识地用手指拨弄着花瓣,不耐烦地等待着。

大门呀的一声拉开了,筱蓝那白皙的、恬静的、娟秀而略带忧愁的面孔就出现了。她正在烦恼着,因为林伯伯这时正在她家里,和母亲两个人,一搭一档地逼着要她答应婚事。门铃声救了她,她不经心地打开了大门,一眼看到的,就是个挺拔修长的年轻人,一对灼灼的眸子,一束黄玫瑰!她的面颊倏然间失去了血色,又迅速地涨得绯红了。

"哦,小姐,我……我……我姓倪……"倪冠群困难地说,举着那束黄玫瑰,他没料到这解释比预期的难了十万八千倍。

而他眼前浮现的,竟是这样一张清灵秀气的脸庞!那乍白乍红的面颊,那吃惊而惶恐的大眼睛,那微张着、轻轻嚅动的小嘴唇,那股又羞又怯、又惊又喜、又嗔又怨的神态……倪冠群觉得无法继续自己的言语了。痴痴地望着筱蓝,他举着玫瑰花呆住了。

好半天,他才回过神来,觉得必须达到自己来访的目的,于是,他振作了一下,又开了口:"哦,小姐,我姓倪,我叫倪冠群……"

"哦,我知道。"筱蓝也已恢复了一些神志,她迅速地接了口,面孔仍然是绯红的。对于他这突如其来的拜访,她实在不知道怎么办好,想请他进去坐,家里又有那样一个讨厌的林伯伯!和他出去吧,却又有多少的不妥当!正在犹疑着的时候,母亲却走到门口来了,一面问着:"是谁呀,筱蓝?"

"哦,哦,是……是倪……倪冠群。"筱蓝仓促地回答,一面匆匆地对倪冠群说,"那是我妈。"

母亲出现在房门口,一看到倪冠群手里那束玫瑰花,她就明白了!就是这傻小子破坏了筱蓝的婚事,就是他弄得筱蓝痴痴傻傻天下大乱!她瞪视着倪冠群,没好气地说:"哦,原来是你!你来做什么?我告诉你,我们筱蓝是规规矩矩的女孩子,不和陌生人打交道的!你请吧,倪先生!"

"哦,妈妈!"筱蓝又惊又急地喊,下意识地转过身子,向后退了一步,倚向倪冠群的身边,似乎想护住倪冠群,也仿佛在表明自己和倪冠群是一条阵线的。同时,她急急地说:"你不要这样说,妈妈,他是我的朋友呢,不是什么陌生人呢!"

"不是什么陌生人?原来你们早就认识的吗?"

筱蓝匆匆地对倪冠群投去哀恳似的一瞥,这一瞥里有着千千万万种意义和言语。倪冠群是完全愣住了,他已忘了自己来的目的,只是呆呆地站着,成了一个道道地地的"傻小子"。那个母亲被弄糊涂了,也生气了,现在的年轻人到底在搅些什么鬼?她气呼呼地说:"好吧!你们先给我进来,别站在房门口,你们倒说说明白,这是怎么回事!"

倪冠群被动地走进了那个小得不能再小的院落,还没有来得及讲话,偏偏那在屋里待得不耐烦的林伯伯却也跑了出来。一看到倪冠群,这个林伯伯的眼睛也红了,脖子也粗了,声音也大了:"好啊!你就是那个每天送玫瑰花的神经病吗?"

倪冠群被骂得心里冒火,掉过头来,他望着筱蓝说:"这是你爸爸吗?"

"才不是呢!"筱蓝说,"他……他……他是……"

"我是筱蓝的未婚夫!"那林伯伯挺了挺他那已凸出来的肚子,得意扬扬地说了一句,用一副胜利者的姿态,轻蔑地注视着倪冠群。

倪冠群深深地望了筱蓝一眼,一股莫名的怒气从他胸坎上直往上冲,难道这清灵如水的女孩子就该配这样一个糟老头吗?而筱蓝呢,随着倪冠群的注视,她的脸色变得苍白了,眼眶里泪光莹然了,抬起睫毛,她哀求似的看着那个林伯伯,说:"林伯伯,你不要乱讲,我从没有答应过要嫁给你!"

林伯伯恼羞成怒了,指着倪冠群,他愤愤地说:"不嫁给我,你难道要嫁给这个穷小子吗?我告诉你,他连自己都养不活,嫁给他你不饿死才有鬼!"

倪冠群按捺不住了,跨上了一步,他挺着背脊,仰着头,怒视着那个林伯伯,大声地说:"胡闹!"

"胡闹?"那林伯伯竖起了眉,愤然大吼,"你在说谁?"

"我在说你!"倪冠群声调铿锵,"癞蛤蟆想吃天鹅肉!"

"什么?什么?"那位追求者气得脸色发白,"你是哪儿来的流氓?你这个衣服都穿不全的穷小子,你才是癞蛤蟆想吃天鹅肉呢!现在,你给我滚出去,要不然我就叫员警来!"

倪冠群的怒火全冲进了头脑里,他再也控制不住他自己的舌头,许多话像倒水般地倾倒出来,一泻而不可止:"请你不要侮辱人!什么叫作穷小子,你倒解释解释!是的,我穷,这难道是耻辱吗?我虽然穷,却半工半读地念了大学,我虽然穷,却从没有放弃过努力和奋斗!我虽然穷,却有斗志有决心,还有大好的前途!我年轻,我强壮,我有的是时间和体力,穷,又有什么关系?"他掉过头来,直视着筱蓝,毫不考虑地,冲口而出地说:"你说,你愿意跟他这样的人去共享荣华富贵呢,还是愿意跟一个像我这样的穷小子去共同创造人生?"

筱蓝折服在他那篇侃侃而谈之下,折服在他明亮的眼睛和高昂的气概之下,她发出一声热情的低喊,再也顾不得和他只是第一次见面,顾不得对他的来龙去脉都还摸不清楚。她只觉得自己早已认识他了,那么熟悉,那么亲切!她奔向了他,紧紧地依偎住他,而他呢,也在那份太大的激情和感动之下,用手紧揽住了她的腰。"哦,这简直是疯了,一对疯子!"林伯伯气呼呼地说,转向了筱蓝的母亲,他以一副不屑的、高傲的、道貌岸然的神态说:"哦,对不起,朱太太,我不知道你的女儿是这样行为不检,又不顾羞耻的女孩,我不能娶这样的人做太太,我的太太必须是贤妻良母,所以,关于婚事的话就免谈了。"

那母亲长长地舒了一口气,对那趾高气扬地向门口走去的林先生微微颔首。是的,去吧!她心中模糊地想着,你尽可以轻视我那不顾羞耻的女儿,但是,却有人会珍惜她,会爱护她,会和她去共创美好的人生呢!她关好了大门,回过头来,是的,那年轻人坚强挺拔,神采飞扬,他该擎得住整个的天空呢!她觉得自己的眼眶潮湿,自己心里涨满了某种温柔的情绪。是的,幸好没有造成错误,幸好没有葬送了女儿的幸福!望着那对依偎着的年轻人,她清了清嗓子,故意淡漠地说:"好了,你们总不会在院子里吹一个晚上的冷风吧!筱蓝,你还不请你的朋友进去?我的骨头都痛了,可没有办法陪你们了!"

她退进了自己的卧室,善解人意地关上了房门。

这儿,倪冠群和筱蓝面面相觑,这时才感到他们之间那份陌生。整个事件的发展,对两个人来说,都像一场难以置信的梦。尤其是倪冠群，这个晚上的遭遇，对他来讲，简直是个传奇。他注视着筱蓝，后者也正痴痴地看着他，那朦胧的眼睛里，是一片娇羞怯怯的脉脉柔情。

"嗨，我想……我想……"倪冠群终于开了口，但是，想什么呢？难道现在还要告诉她，这所有的事件都是误会？不，他眩惑地看着那温柔姣好的脸庞，他知道他永不会说出来了，永远不会！

筱蓝嗤的一声，轻轻笑了。接过他一直握在手里的玫瑰花，她低声说："你想什么？进来吧，我要把这束花插起来。"

他跟着她走进了室内。她悄无声息地走开，插了一瓶黄玫瑰。把花瓶放在客厅的小几上，她垂着睫毛，半含着笑，半含着羞，她轻声地说："你怎么想起送玫瑰花给我的绝招？你又怎么知道我最喜欢黄玫瑰？"

他讪讪地笑着，红了脸，不由自主地垂下了头。于是，她又问："从什么时候开始，你注意到我的呢？"

从什么时候开始的呢？他怎能告诉她，在一个多月前那个晚上，他第一次和朋友们踏进舞厅，在那灯红酒绿的环境下，竟会迷惑于那红舞女的夺人的艳丽？而今，面对着筱蓝那清澈的眸子，那真挚的眼光，那充满了灵性和柔情的注视，他变得多渺小，多寒碜，多幼稚！他几乎懊恼于自己竟有过追求那舞女的念头，但是，假若当初没有那念头，他又怎会邂逅了筱蓝？

他抬起眼睛，看了看筱蓝，脸更红了。嗫嚅着，他含混地，低声地说："你又何必问呢？或者，是从天地混沌初开的时候起,我就注意到你了。"

她果然不再追问,只是那样静静地微笑着,用深情款款的眸子,深深地注视着他。

桌上那瓶黄玫瑰在笑着,绽放了一屋子的幽香。

第二天,张老头坐在他的花店里,看着倪冠群推门进来。

"嗨,老板!"倪冠群招呼着,有点儿讪讪的。

"是的。"张老头注视着他。

"还记得我吧?"倪冠群有些不安地微笑着,却掩饰不住眉梢眼底的一份喜悦之情。

"当然,你曾责备我把玫瑰花送错了。"

"哈!"倪冠群笑了,"我只是来告诉你,你从没有送错玫瑰花,从没有!"

"哦,"张老头也笑了,"我知道我从没有送错过,我一直都知道。"

倪冠群瞪视着张老头,一时间,他有些疑惑,不知这慧黠的老头儿是不是一开始就动了手脚,但那老头儿脸上丝毫不露声色。他不想再去探究那谜底了,那并不重要,重要的,是玫瑰花都到了它们该到的地方。

他离开了馨馨花庄,在隔壁巷子里,正有人在等待着他。

张老头目送他出去。从柜台里走出来,他拿起了浇花壶,开始一面哼着歌儿,一面给那些花儿浇着水。浇完了,他停在那一大盆黄玫瑰的前面,深深地一颔首。

一九七一年一月四日

后记

"给竹风的故事集"在我心中已酝酿多年,我一直希望用某种方式,使一个个独立的故事,能彼此联系在一起,成为一个完整的整体。因此,在若干年前,我曾写了《六个梦》,而今,我又写了"给竹风的故事集"。

和《六个梦》一样,"给竹风的故事集"每篇都有相同的风格,和类似的主题。而且,每个故事,都有个完美的结局。

许多读者曾建议我:"别再写那些让人流泪的东西,请给你书中的人物,安排一个较好的结局。"我想,我大约受了这些读者的影响,这本集子中,没有什么特别悲惨的故事。但愿它们能使读者们获得一刹那的心境和平,一刹那的温柔宁静,我愿已足。

别问"竹风"是谁?那只是个故事中的人物。往往,就连"说故事者",也是"故事中"的人物。本来嘛,谁不是故事中的人物呢?

多年来的写作生涯，我虽磨炼又磨炼，学习又学习，仍然自知浅陋。每出一本书，就增加一份汗颜与惶恐。因此，在这儿，我要重申一句以前说过的话：愿前辈们有以教我，愿读者们多所包涵。

琼瑶

一九七一年一月十四日于台北

（京权）图字：01-2024-1756

图书在版编目（CIP）数据

水灵 / 琼瑶著 . -- 北京：作家出版社，2024.10
（琼瑶作品大合集）
ISBN 978-7-5212-2833-5

Ⅰ. ①水… Ⅱ. ①琼… Ⅲ. ①言情小说 - 小说集 - 中国 - 当代 Ⅳ. ①I247.7

中国国家版本馆 CIP 数据核字（2024）第 089070 号

版权所有 © 琼瑶

本书版权经由可人娱乐国际有限公司授权作家出版社出版简体中文版，非经书面同意，不得以任何形式任意重制、转载。

水　灵

作　　者：	琼　瑶
责任编辑：	赵文文
装帧设计：	棱角视觉　纸方程·于文妍
出版发行：	作家出版社有限公司
社　　址：	北京农展馆南里 10 号　　邮　编：100125
电话传真：	86-10-65067186（发行中心）
	86-10-65004079（总编室）
E-mail：	zuojia@zuojia.net.cn
http://www.zuojiachubanshe.com
印　　刷：	河北京平诚乾印刷有限公司
成品尺寸：	142×210
字　　数：	127 千
印　　张：	6.5
版　　次：	2024 年 10 月第 1 版
印　　次：	2024 年 10 月第 1 次印刷
ISBN 978-7-5212-2833-5
定　　价：	32.00 元

作家版图书，版权所有，侵权必究。
作家版图书，印装错误可随时退换。

品 琼 瑶 经 典
忆 匆 匆 那 年

琼瑶作品大合集

年份	作品	年份	作品
1963	《窗外》	1981	《燃烧吧！火鸟》
1964	《幸运草》	1982	《昨夜之灯》
1964	《六个梦》	1982	《匆匆，太匆匆》
1964	《烟雨蒙蒙》	1984	《失火的天堂》
1964	《菟丝花》	1985	《冰儿》
1964	《几度夕阳红》	1989	《我的故事》
1965	《潮声》	1990	《雪珂》
1965	《船》	1991	《望夫崖》
1966	《紫贝壳》	1992	《青青河边草》
1966	《寒烟翠》	1993	《梅花烙》
1967	《月满西楼》	1993	《鬼丈夫》
1967	《翦翦风》	1993	《水云间》
1969	《彩云飞》	1994	《新月格格》
1969	《庭院深深》	1994	《烟锁重楼》
1970	《星河》	1997	《还珠格格第一部1阴错阳差》
1971	《水灵》	1997	《还珠格格第一部2水深火热》
1971	《白狐》	1997	《还珠格格第一部3真相大白》
1972	《海鸥飞处》	1997	《苍天有泪1无语问苍天》
1973	《心有千千结》	1997	《苍天有泪2爱恨千千万》
1974	《一帘幽梦》	1997	《苍天有泪3人间有天堂》
1974	《浪花》	1999	《还珠格格第二部1风云再起》
1974	《碧云天》	1999	《还珠格格第二部2生死相许》
1975	《女朋友》	1999	《还珠格格第二部3悲喜重重》
1975	《在水一方》	1999	《还珠格格第二部4浪迹天涯》
1976	《秋歌》	1999	《还珠格格第二部5红尘作伴》
1976	《人在天涯》	2003	《还珠格格第三部天上人间1》
1976	《我是一片云》	2003	《还珠格格第三部天上人间2》
1977	《月朦胧鸟朦胧》	2003	《还珠格格第三部天上人间3》
1977	《雁儿在林梢》	2017	《雪花飘落之前——我生命中最后的一课》
1978	《一颗红豆》	2019	《握三下，我爱你——翩然起舞的岁月》
1979	《彩霞满天》	2020	《梅花英雄梦之乱世痴情》
1979	《金盏花》	2020	《梅花英雄梦之英雄有泪》
1980	《梦的衣裳》	2020	《梅花英雄梦之可歌可泣》
1980	《聚散两依依》	2020	《梅花英雄梦之飞雪之盟》
1981	《却上心头》	2020	《梅花英雄梦之生死传奇》
1981	《问斜阳》		